LE VICOMTE EN FUITE

CHRONIQUES DE RENCONTRES

LIVRE QUATRE

DARCY BURKE

Traduit par
SOPHIE SALAÜN

Zealous Quill Press

Réalisé avec Vellum

LE VICOMTE EN FUITE

Il y a deux ans, Juliana Sheldon, veuve indépendante, a passé une nuit merveilleuse avec le vicomte Audlington dans une auberge, au cours d'une tempête de neige, et, le lendemain matin, il est parti sans un mot. Juliana ne réalise pas à quel point son abandon l'a bouleversée jusqu'à ce qu'elle le retrouve lors d'une partie de campagne organisée par des entremetteurs. Il aimerait renouer leur liaison, mais Juliana préfère le tourmenter. Elle finit par céder à la tentation, mais elle est consternée lorsqu'il évoque la seule chose dont elle ne veut pas : le mariage.

Lucas Trask, héritier d'un comté, a laissé derrière lui sa réputation de séducteur pour enfin prendre femme. Il n'a jamais oublié Juliana et, lorsqu'il la retrouve, il a l'impression que le destin lui révèle la personne qu'il doit épouser. Cependant, Lucas cache un secret qu'il n'a jamais osé partager avec qui que ce soit. S'il parvient à convaincre Juliana d'être sa femme, il lui révélera tout. Mais lorsqu'une tragédie survient, il doit la quitter à nouveau. Cette fois, le vicomte en fuite risque de ne pas avoir de chance.

CHAPITRE 1

Steeton, Yorkshire, janvier 1802

*L*a femme de l'aubergiste accueillit Juliana Sheldon dans son établissement.

— Entrez et réchauffez-vous, ma chère. Vous êtes arrivée à temps. Il me reste juste une chambre, dit-elle avec un grand sourire, les joues roses et ses yeux bleus pétillant de joie.

Juliana soupira, soulagée. C'était la troisième auberge dans laquelle elle se présentait depuis une heure, alors que la neige recouvrait le sol d'une couche de plus en plus épaisse. Tournant la tête, elle adressa un signe de tête à son cocher, qui s'empressa de conduire la berline et les chevaux à l'écurie.

— Merci beaucoup, répondit Juliana en repoussant le capuchon de sa cape, éparpillant les gouttelettes humides de la neige qui s'était accumulée sur la laine.

Il y avait plusieurs tables dans la salle commune, et les

clients occupaient la plupart des chaises. Un feu crépitant brûlait dans la grande cheminée au fond de la pièce.

— Je suis heureuse que vous nous ayez trouvés. Je suis Mme Lilley. C'est un peu chaotique pour le moment, car j'aide à préparer le dîner, expliqua-t-elle, passant la main sur son tablier avant de glisser une mèche brune errante sous son bonnet. Votre chambre est à l'étage, à droite au bout du couloir. Vous pouvez monter retirer votre manteau et vous réchauffer. Le dîner sera bientôt prêt.

— Je vais le faire, merci, madame Lilley.

Juliana emprunta l'escalier situé dans le coin et gagna le premier étage, fatiguée par sa longue journée de voyage dans la tempête de neige. Elle aurait déjà dû arriver chez elle à Skipton, mais la route à péage était devenue impraticable. Elle était ravie qu'ils aient au moins pu trouver un logement.

Elle aurait dû écouter sa mère, qui lui avait suggéré de rester un jour ou deux de plus, car il risquait de neiger. Cependant, après plus de quinze jours passés chez ses parents, Juliana avait hâte de retrouver son petit cottage de Foxland, la propriété où elle avait vécu avec son mari. À sa mort, trois ans plus tôt, son jeune beau-frère avait hérité du domaine, mais, dans son testament, son mari lui avait accordé une pension et un endroit bien à elle.

Le couloir était sombre, mais Juliana trouva la porte de sa chambre et entra. À sa grande joie, un feu crépitait dans l'âtre. La cheminée, comme le reste de la pièce, était petite, mais plus que suffisante. En se réchauffant, elle observa le lit et la modeste table avec deux chaises étroites. Un banc usé, moelleux et rembourré, était placé près du feu. Juliana alla suspendre son manteau humide à un crochet près de la porte, puis se débarrassa de ses gants et de son bonnet. Ensuite, elle rapprocha le banc de l'âtre pour s'asseoir et se reposer avant de descendre pour le dîner.

— Il y a quelqu'un ?

Une voix masculine venant de l'embrasure de la porte incita Juliana à tourner la tête. Un homme grand et athlétique se tenait sur le seuil. La porte était entrouverte.

— Ai-je laissé la porte ainsi ? s'enquit-elle, car elle pensait l'avoir fermée et ne savait pas du tout quoi penser de cet inconnu qui faisait irruption.

Certes, c'était un inconnu très bien habillé et soigné, mais il s'imposait tout de même dans son espace.

— Elle n'était pas tout à fait *aussi* ouverte, mais elle n'était pas fermée, répondit-il. Je voulais juste me montrer amical.

— Il semblerait que vous vous montriez intrusif. Devrais-je informer mon mari de votre audace ?

— Euh, non. Je ne voulais pas m'imposer. Comme je l'ai dit, je souhaitais me montrer amical. Où est votre mari ? Je voudrais m'excuser.

Juliana plissa les yeux.

— Vous devriez vous excuser auprès de *moi*.

— Vous avez raison. Je vous présente mes plus sincères excuses.

La jeune femme se demanda si elle ne faisait pas preuve d'un manque d'indulgence. Elle était épuisée, affamée, et elle commençait à peine à ressentir de la chaleur dans ses extrémités.

— Tout va bien. Je suis irritable après une longue journée de voyage, et j'ai tenté ma chance dans deux autres auberges avant de trouver une chambre.

— C'est affreux ! Je suis navré d'apprendre que vous avez eu des soucis, affirma-t-il, parcourant la pièce du regard en souriant. Je vais vous laisser, alors.

Il commença à se retourner et à tirer la porte.

— Attendez ! Je n'ai pas de mari. Je ne voulais pas me montrer cassante avec vous, lui dit Juliana, la chaleur rougissant son cou. Je ne suis pas comme cela d'habitude.

— C'est compréhensible lorsque l'on est fatigué et gelé. Et peut-être avez-vous faim ?

— Je suis affamée.

— Si vous êtes seule, je serai ravi de vous escorter en bas.

Juliana se leva et lissa ses jupes du plat de la main. Son jupon épais descendit autour de ses mollets. Oui, elle avait beaucoup plus chaud, et, dans l'ensemble, elle se sentait mieux.

— Merci.

Elle vint près de la porte et remarqua qu'il était très beau. Ses traits élégamment sculptés possédaient un charme espiègle. Peut-être était-ce dû au léger sourire qui ourlait ses lèvres charnues. Ses sourcils étaient épais et d'un brun moyen, un peu plus foncé que ses cheveux. En dessous, ses yeux gris brillaient d'une lueur d'intérêt lorsqu'il la regardait. Se rendait-il compte qu'il l'étudiait ?

Il ouvrit davantage la porte et la tint pendant qu'elle s'engageait dans le couloir.

— Veillez à bien la refermer, lui dit-elle en regardant par-dessus son épaule, car, apparemment, j'ai mal fait mon travail.

Il referma la porte et fronça légèrement les sourcils.

— Elle ne s'enclenche pas facilement. Je ne crois pas que ce soit votre faute. Et je suis désolé d'avoir envahi votre espace.

Juliana s'en voulait d'avoir dit quoi que ce soit. Elle avait la mauvaise habitude de parler sans toujours réfléchir à la façon dont ses propos pouvaient être perçus, en particulier lorsqu'il s'agissait de son espace. Elle tenait à sa vie privée et à son indépendance, deux choses que son beau-frère ne semblait pas pouvoir respecter. Il venait dans son cottage sans préavis, entrant parfois après avoir seulement frappé brièvement à la porte, ce qui la mettait hors d'elle.

— Voilà, maintenant, c'est bien fermé, annonça-t-il. Souhaitez-vous descendre ?

— Oui, merci. Au fait, je suis Mme Sheldon.

— Je croyais que vous aviez dit n'avoir pas de mari.

— Il est mort il y a trois ans, expliqua-t-elle en inclinant la tête. Croyiez-vous que je voyagerais seule en tant que jeune lady célibataire ?

Certes, elle n'était pas si jeune : elle avait vingt-neuf ans.

— Vous n'avez pas tort. Je crains d'avoir été trop concentré sur votre état matrimonial pour penser à la bienséance, répondit-il en riant. C'est une mauvaise habitude lorsque je rencontre une femme séduisante.

Le pouls de Juliana s'accéléra face à ce compliment.

— Vous êtes donc un séducteur ?

Elle avait entendu parler d'hommes comme lui et pensait bien en avoir rencontré un ou deux, mais son expérience était limitée.

Il éclata de rire une nouvelle fois.

— Certains diraient que c'est le cas, mais je préfère ne pas me définir ainsi.

— Pourtant, vous rencontrez une femme et vous essayez immédiatement de déterminer si…, commença-t-elle, puis elle s'interrompit quand elle se rendit compte qu'elle n'était pas sûre de ce qu'il était en train de faire. Espérez-vous que je sois mariée ou non ?

Peut-être préférait-il poursuivre de ses assiduités une femme qu'il ne serait pas obligé d'épouser. Cela correspondait à ce qu'elle savait des séducteurs.

Il esquissa une légère grimace.

— Vous me mettez au pied du mur. Les jeunes filles célibataires posent problème, car je ne suis pas encore à la recherche d'une épouse.

— Vous préféreriez donc que je sois mariée, constata-t-elle, fronçant les sourcils. Ou veuve.

— Comme je l'ai dit, vous m'avez mis au pied du mur. Je ne peux pas renier mes tendances séductrices, surtout si j'admets que j'aime rencontrer des veuves séduisantes, en particulier si loin de Londres, où l'on peut trouver un minimum de discrétion.

Juliana ne put s'empêcher de sourire.

— Au moins vous êtes honnête sur le sujet. Maintenant, je sais ce que vous cherchez et pourquoi vous êtes venu dans ma chambre.

Il leva la main, affichant une expression de désarroi.

— Ce n'était *pas* mon intention, je vous l'assure. J'essayais vraiment de me montrer amical.

Il se passa les mains dans les cheveux, les ébouriffant d'une manière tout à fait séductrice. Ou du moins, comme elle imaginait qu'un séducteur pourrait le faire.

— Je vois, murmura-t-elle, amusée par son malaise.

— Laissez-moi recommencer, suggéra-t-il, s'inclinant exagérément. Permettez-moi de me présenter. Je suis Lucas Trask, vicomte Audlington.

Un vicomte ! Elle avait rencontré un comte et un baron. Le comte de Cosford était un ami de son mari, et il était en fait l'héritier d'un duché. Vincent et lui étaient allés à l'école ensemble. Juliana s'était rendue à Blickton, le domaine de Cosford, à quelques reprises au cours de son mariage. Lady Cosford était charmante, et elle avait invité Juliana à venir plusieurs fois depuis la mort de Vincent, mais le moment n'avait jamais été propice.

Et le baron vivait près de Skipton. Il avait quatre-vingt-dix ans, et possédait un sens de l'humour grossier. Juliana l'appréciait énormément.

Elle lui fit une révérence.

— Je suis ravie de faire votre connaissance. Je suis Mme Juliana Sheldon.

— Fantastique ! s'exclama-t-il, puis il lui offrit son bras. Puis-je vous escorter au dîner ?

Elle posa sa main sur sa manche.

— Certainement, répondit-elle, et il la guida dans l'escalier. Où vous rendez-vous ?

— À Northwich, c'est le siège de ma famille au sud-ouest de Manchester. Et vous ?

— Je rentre à Skipton après avoir rendu visite à mes parents à Leeds pour les fêtes de fin d'année.

Lucas lui lança un regard au moment où ils arrivaient dans la salle commune.

— Vous avez hâte de rentrer chez vous, n'est-ce pas ?

Juliana retira sa main de son bras et se tourna pour le regarder.

— Comment l'avez-vous su ?

— L'Épiphanie était hier, et j'aurais pensé que le temps vous aurait dissuadée de partir aujourd'hui. Mais... ce n'est pas le cas, poursuivit-il, haussant une épaule. J'en ai donc déduit que vous vouliez rentrer chez vous.

— Excellente déduction. Oui, j'aime ma maison, et ma jument.

— Et vos parents... moins ?

— En fait, je les adore, mais près de trois semaines avec eux... c'est beaucoup.

Il sourit.

— Je ressens la même chose pour mes parents. Ce sont des gens merveilleux, mais, comme j'ai maintenant trente et un ans et que je ne suis pas marié, ils attendent presque constamment quelque chose de moi. Cela peut devenir lassant, même si je sais qu'ils ont de bonnes intentions.

Juliana acquiesça.

— Je me reconnais tout à fait dans ce constat. Ma mère, surtout, espère que je me remarierai, même si je lui dis que je suis très heureuse en ce moment. Mais, vous avez raison, ils sont bien intentionnés.

Lucas lui adressa un regard compréhensif.

— Cette année, j'ai passé les fêtes de fin d'année avec d'autres membres de ma famille, et je vais maintenant voir mes parents avant de me rendre à Londres pour la saison.

Bien entendu, il allait passer la saison à Londres. C'était un vicomte, et un séducteur. S'il était vicomte, et qu'il avait encore un père, cela signifiait qu'il pouvait prétendre à un titre encore plus important, probablement un comté. Juliana vivait confortablement, et elle ne pouvait imaginer une vie aussi sophistiquée.

— Êtes-vous beaucoup demandé à Londres ? l'interrogea-t-elle.

— Ah ! Je ne dirais pas « beaucoup », répondit-il, puis il observa la salle commune, qui était bondée et bruyante. L'auberge est pleine, semble-t-il.

— Oui, on m'a donné la dernière chambre. Nous devrions essayer de trouver une table, suggéra-t-elle.

Elle commença à tourner, puis s'arrêta, lui faisant de nouveau face.

— Je ne devrais pas présumer que vous vouliez que nous nous asseyions ensemble.

— J'en serais ravi. Sinon, nous mangerons tous les deux seuls, n'est-ce pas ? En fait, je dirais que l'auberge est telle-ment bondée qu'il est nécessaire que nous dînions ensemble. Et, en l'occurrence, j'aimerais beaucoup poursuivre notre conversation.

Vraiment ? Elle réprima un sourire. Après trois ans de soli-tude, enfin pas tout à fait, car elle avait un joli cercle d'amis à Skipton, elle devait admettre qu'il était plutôt agréable de parler avec un gentleman. Un vicomte séduisant, qui plus est.

— Que dites-vous de cette table ? proposa-t-elle, indi-quant une table vide près du feu.

— Parfait.

Lorsque Julia se retourna, la main de Lucas effleura le bas de son dos. Ce n'était qu'un simple contact, mais elle eut le souffle coupé, et des picotements de conscience la traversèrent. Cela faisait plus de trois ans qu'elle n'avait pas été touchée par un homme.

Il tint sa chaise pendant qu'elle s'asseyait. Elle n'était plus contrariée par cette journée épuisante ni par le retard que prenait son voyage. Elle pouvait imaginer des choses bien pires que d'être bloquée dans une auberge avec un charmant vicomte.

Une servante se présenta et leur demanda s'ils préféraient du vin ou de la bière. Tous deux choisirent le vin.

— Le dîner sera bientôt servi.

Elle s'en alla ; elle était très occupée, vu la foule dans l'auberge. Juliana croisa les mains sur ses genoux.

— Que faites-vous à Londres, my lord ?

— Les choses typiques que l'on fait lors d'une saison.

— Et quelles sont ces choses ?

— Vous n'avez pas connu de saison ? s'enquit-il, puis il leva une main. C'est terriblement présomptueux de ma part. Toutes mes excuses. Tout le monde n'en fait pas.

Elle apprécia sa prise de conscience tardive.

— Vous pouvez me compter parmi celles qui n'en ont pas fait. J'ai grandi à Leeds. Mon père est libraire.

— Encore une fois, je suis désolé. C'est juste que vous donnez l'impression que vous auriez pu conquérir Londres, affirma-t-il, une lueur de respect dans le regard. Vous avez certainement assez de maîtrise de vous-même pour avoir connu un grand succès.

Juliana rit doucement.

— Vous venez à peine de me rencontrer.

— Vous n'avez eu aucun scrupule à dénoncer mon comportement intrusif. Vous ne minaudez pas, et je suis prêt à parier que vous ne l'avez jamais fait. Comme votre père est libraire, je présume que vous avez beaucoup lu et que vous êtes très intelligente.

Juliana ne put s'empêcher de se sentir flattée qu'il la voie ainsi.

— Vous êtes plus observateur que la plupart des gens.

— J'essaie de l'être. Je trouve les gens intéressants. C'est cela que je fais à Londres : j'observe les gens, et, je l'espère, j'apprends.

— Qu'apprenez-vous ?

— Qui éviter, principalement, expliqua-t-il avec un petit rictus, secouant la tête. Certains membres de la société londonienne peuvent se montrer assez difficiles.

— Dans quelle mesure ?

— La plupart du temps, ils sont intéressés. Ils essaient de trouver des moyens d'atteindre de plus hauts sommets. De se remplir les poches, ou d'améliorer leur position.

— J'imagine que vous êtes une cible pour les femmes en quête d'un mari idéal pour leurs filles. Je devine que votre père est un comte ou quelque chose comme cela ?

— Le comte de Northwich. Et, oui, j'ai passé la dernière décennie à repousser des mères obnubilées par le mariage, et leurs filles.

— Une décennie ? Voilà qui a dû vous demander une grande habileté, remarqua Juliana, qui inclina la tête sur le côté. Mais je pensais que vous étiez un séducteur. Ces femmes ne voudraient certainement pas que leurs filles épousent un homme avec une telle réputation.

— Lorsqu'il y a un titre à la clé, vous seriez surprise de ce que ces femmes sont prêtes à faire, répondit-il d'un ton ironique. De plus, il existe des séducteurs bien pires que moi. Je ne passe pas mes nuits dans des maisons closes ou dans les cercles de jeu. Pardonnez-moi d'évoquer de telles choses en votre présence. Vous m'avez mis bien trop à l'aise, madame Sheldon.

— Je vous en prie, ne changez rien. Je ne suis allée à Londres qu'une seule fois, pendant une semaine, après mon mariage avec Vincent. J'étais jeune et impatiente de visiter *Paternoster Row*.

— La rue des libraires. Évidemment que vous étiez impatiente. Est-ce là que vous avez passé votre temps ?

— Pas beaucoup, malheureusement. Vincent était plus enclin à visiter les musées, ce que j'ai apprécié.

— Qu'en est-il des divertissements en soirée ? Êtes-vous allée au théâtre ou dans un jardin d'agrément, par exemple ?

— Non, Vincent ne voulait pas dépenser ce supplément d'argent. J'espérais que nous pourrions aller à Vauxhall, expliqua-t-elle avec un haussement d'épaules. C'était quand même un beau voyage.

— Beaucoup de choses ont changé au cours de la dernière décennie. Vous devriez y retourner. Si vous venez pendant la saison, faites-le-moi savoir, et je vous ferai visiter la ville.

— Cela ne risque-t-il pas de provoquer des commérages ? La Veuve inconnue du Yorkshire, au bras du Vicomte séducteur ?

— Eh bien ! Maintenant, je serais déçu si vous ne veniez pas, répondit-il.

Il afficha une moue faussement boudeuse, qui attira l'attention de la jeune femme sur sa bouche.

— Je veillerai à ce que les gens vous qualifient de mystérieuse.

Juliana éclata de rire.

— Avez-vous vraiment autant de pouvoir ?

— Sans doute que non, mais je connais un nombre incroyable de personnes, et je *pense* que la grande majorité m'aime bien. Si je leur dis que vous êtes mystérieuse, ils le répéteront sûrement.

— Très bien, alors. Je suis la Veuve mystérieuse, et vous êtes le Vicomte séducteur. Quelqu'un devrait écrire des romans sur nous.

— C'est vous l'experte en livres. Avez-vous pensé à en écrire un ?

— Oh, non ! Je ne pourrais pas. Je ne saurais même pas par où commencer.

— Que diriez-vous de « Il était une fois… » ?

La servante revint avec leur vin et déposa les verres sur la table sans un mot.

— Comme c'est original de votre part ! remarqua Juliana.

Elle prit son verre, puis but une gorgée avant de poursuivre.

— Je pourrais essayer quelque chose de plus excitant, comme « Il y a bien longtemps, à l'époque où l'on n'écrivait pas encore les histoires… »

Le regard de Lucas se posa sur celui de Juliana.

— Eh bien ! Maintenant, je suis complètement captivé. Je pense que vous devriez écrire un conte.

Un courant d'air froid envahit la salle commune lorsque la porte s'ouvrit.

— Entrez, dit une femme à trois enfants, alors qu'elle en portait un quatrième.

Ils entrèrent, et la femme referma la porte. Mme Lilley les rejoignit en s'essuyant les mains sur son tablier. Juliana et le vicomte étaient suffisamment proches pour entendre ce qui se disait.

— Je suis désolée, mais je n'ai pas de chambre, dit Mme Lilley, les sourcils froncés.

Son regard se posa sur les enfants. La pauvre femme, le visage rougi par le froid, avait l'air complètement défaite.

— Je crois que nous nous sommes présentés dans toutes les auberges. Mon mari a conduit notre charrette à l'écurie.

Le palefrenier dehors a dit qu'il y avait de la place pour notre véhicule et nos chevaux.

— Oui, nous avons davantage de place dans les écuries, expliqua Mme Lilley, qui grimaça en jetant un coup d'œil vers l'escalier. Le mieux que je puisse vous offrir, c'est un dîner et une place au coin du feu ce soir. Et quelques couvertures.

Lord Audlington se leva soudain, et il alla voir Mme Lilley.

— Ma chambre pourrait certainement convenir à cette famille. Il y a un grand lit, et largement assez d'espace pour en installer d'autres sur le sol.

Les yeux de Mme Lilley s'arrondirent.

— Mais, où dormirez-vous, my lord ?

— Je pourrai me débrouiller ici. J'insiste.

La mère de famille renifla.

— Merci, my lord.

— C'est le moins que je puisse faire, dit-il, puis il se dirigea vers la table la plus proche du feu, où un couple était assis, et leur adressa un sourire qui, Juliana en était sûre, charmait tous ceux qu'il rencontrait. Je suis sûr que cela ne vous dérange pas de vous déplacer pour que cette famille puisse se réchauffer après les difficultés qu'elle a rencontrées.

— Pas du tout, confirma l'homme.

Ils s'installèrent à une autre table. Audlington conduisit la femme et les enfants transis de froid vers la table près du feu.

— Le dîner sera bientôt là. Ensuite, nous vous installerons dans votre chambre.

La servante déposa des plateaux de nourriture, faisant sursauter Juliana. Elle avait été si concentrée sur le vicomte qu'elle n'avait pas remarqué que la jeune femme approchait. Le parfum du ragoût emplit les narines de Juliana, et son estomac gargouilla.

— Merci.

Lorsqu'elle se retourna vers le vicomte, elle remarqua qu'il avait rejoint Mme Lilley. Puis il revint à leur table.

— Ah, le dîner ! s'exclama-t-il d'un ton plaisant et nonchalant, comme s'il ne venait pas de se comporter de manière tout à fait héroïque. Cela sent divinement bon.

— C'était incroyablement gentil de votre part, constata Juliana.

Lucas prit une épaisse tranche de pain et l'enduit de beurre.

— N'importe qui l'aurait fait.

— Cependant, personne d'autre ne l'a fait. Pas même moi, ajouta-t-elle, baissant les yeux sur sa nourriture. Peut-être devrions-nous leur donner notre repas.

— Je crois que, pour l'instant, ils sont occupés à se réchauffer, répondit-il en jetant un coup d'œil vers leur table. Et je suis certain que leur dîner ne tardera pas à arriver. Ne vous tourmentez pas de ne pas avoir proposé votre chambre. Pour être honnête, elle est plutôt petite. Ils seront plus à l'aise dans ma chambre. Il y a un grand lit à baldaquin qui pourra sans doute accueillir la mère, deux des enfants, et le père. Il y a également un petit lit pour une femme de chambre ou un valet. Deux des enfants pourront le partager sans mal. Maintenant que j'y pense, ils n'auront sans doute pas besoin de préparer des lits supplémentaires sur le plancher, conclut-il en prenant un morceau de pain.

— Vous n'êtes absolument pas conscient de la merveilleuse façon dont vous êtes comporté.

Pas seulement parce qu'il leur avait offert sa chambre, mais aussi parce qu'il avait veillé à ce qu'ils soient au chaud près du feu. Elle se souvint qu'il était retourné parler à Mme Lilley.

— Vous payez leur hébergement, n'est-ce pas ?

Lucas se contenta de hausser les épaules en plongeant sa cuillère dans son ragoût. Il ne ressemblait en rien à l'idée qu'elle se faisait d'un vicomte séducteur.

— Où allez-vous dormir ? s'enquit-elle.

— Mme Lilley me donnera des couvertures et je ferai un lit sur le sol.

— Vous pensez vraiment pouvoir dormir ici ? l'interrogea-t-elle, mais c'était une question rhétorique. Dormez plutôt par terre dans ma chambre. Elle est petite, mais vous pourrez au moins avoir un minimum d'intimité.

— Pas par rapport à vous, affirma-t-il en remuant les sourcils, et elle ne put s'empêcher de sourire.

— Si nous nous tournons le dos pendant que nous nous préparons à aller au lit, cela ira bien.

Lucas prit sa cuillère.

— Je ne sais pas ce que vous entendez par « bien », mais je vous assure que, si nous cohabitons dans le même espace, tout y sera plus que bien. Et que vous me tourniez le dos pendant que vous vous déshabillez ou non, je serai toujours extrêmement conscient de votre présence et du fait que je vous trouve plus qu'attirante, répondit-il, le regard rivé sur elle tandis qu'il parlait, et maintenant, le gris semblait briller comme de l'argent. *Bien* plus.

Juliana se déplaça sur sa chaise tandis qu'une chaleur qu'elle n'avait pas ressentie depuis longtemps envahissait chaque partie d'elle-même. Apparemment, elle allait passer au moins les deux prochaines nuits, car il n'y avait aucune chance que les routes soient praticables le lendemain, même s'il s'arrêtait de neiger à ce moment précis, avec un vicomte séducteur, impudent et tout à fait excitant.

— Cela signifie-t-il que vous accepterez mon invitation ?

Sa voix était rauque, comme si elle avait avalé des toiles d'araignée. Il esquissa un sourire charmeur.

— Comment pourrais-je résister à votre aimable hospitalité ?

Une nouvelle vague de chaleur envahit Juliana. Cela pouvait devenir dangereux. Elle souleva son verre de vin, qu'elle porta à ses lèvres, parlant par-dessus le bord.

— Ce voyage vient soudain de devenir très divertissant.

— Je l'espère vraiment, confirma-t-il, une pointe d'impatience dans la voix.

Dans quelle incartade scandaleuse Juliana s'était-elle embarquée ?

*L*ucas contemplait les ombres dansantes que les flammes projetaient sur le plafond. Son lit de fortune, composé de couvertures et de quelques oreillers posés à même le sol, n'était pas particulièrement confortable, mais il était au moins au chaud près du feu. Tournant le regard, il observa le lit, dont la tête se trouvait contre le mur opposé, et se demanda si Mme Sheldon pouvait en dire autant. Avec un peu de chance, elle était à l'aise *et* au chaud.

Ils avaient fleureté pendant tout le dîner, puis joué au backgammon jusqu'à ce que la fatigue emporte la jeune femme. Quand elle avait commencé à bâiller plus qu'elle ne déplaçait les pièces, il avait insisté pour qu'elle se retire. Elle lui avait paru reconnaissante et lui avait souhaité bonne nuit.

Il s'était attardé pendant une heure, laissant ainsi à la jeune femme le temps de faire sa toilette et d'aller se coucher sans qu'il la dérange. Mme Lilley avait proposé de déplacer un canapé de son logement dans la salle commune pour qu'il puisse y dormir, mais il avait refusé. Il n'avait encore jamais trouvé de canapé capable de soutenir sa longue carcasse. Elle lui avait donné plusieurs couvertures et oreillers, qu'il avait apportés à l'étage dans sa nouvelle chambre, avec ses affaires, qui avaient été livrées depuis l'ancienne, une fois que Mme Lilley était allée se coucher.

Après avoir installé son lit près du feu, il s'était déshabillé, ne gardant que sa chemise et ses sous-vêtements avant de s'y glisser. Il n'avait pas encore trouvé le sommeil.

Il tourna à nouveau la tête vers le lit, se demandant si Mme Sheldon avait eu plus de chance. Il le pensait. Elle avait paru très fatiguée, et sa respiration était profonde et régulière, si cela signifiait quoi que ce soit. Il la distinguait à peine sous les draps. Avait-elle assez chaud ?

Repoussant la couverture, il se leva et attisa le feu. Maintenant, il allait avoir trop chaud, mais c'était un faible prix à payer si cela signifiait que c'était plus confortable pour elle. Satisfait de constater que la chaleur augmentait, il éloigna son lit de l'âtre.

Se rapprochant de celui de Mme Sheldon. Il ne put s'empêcher de faire un pas dans cette direction. Elle s'assit, et il recula, surpris.

— Merci, lui dit-elle.

Ses cheveux noirs retombaient en une épaisse tresse sur son épaule, les boucles à l'extrémité caressant sa poitrine. Cette couleur sombre et riche avait un aspect brillant qu'il trouvait magnifique. Il brûlait d'envie de passer ses doigts dans les mèches pour en déterminer la texture, et de se pencher près d'elles pour en respirer le parfum.

Il détourna son regard avant de la fixer comme un soupirant désespéré.

— Pour quoi ?

— Pour le feu. J'avais froid.

— Je croyais que vous dormiez.

— Pas vraiment. Je n'ai pas réussi à me réchauffer. En général, je dispose d'une chaufferette, mais je n'ai pas voulu en demander une. Mme Lilley était déjà extrêmement occupée.

— Voulez-vous une de mes couvertures ? s'enquit-il en se tournant vers son lit de fortune.

— Non, merci, je ne pourrais pas. C'est déjà assez terrible

que vous dormiez sur le sol. Je ne pourrais pas vous prendre une couverture.

Lucas regarda à nouveau Juliana, heureux qu'elle soit plongée dans l'ombre.

— Vous avez déjà eu la gentillesse de m'inviter à dormir ici plutôt que dans la salle commune.

— Et je ne vais pas gâcher cela en vous privant de ce qu'il vous reste de confort.

— C'est bon, vraiment. Mon lit est plutôt douillet. En fait, je l'ai même éloigné du feu.

— Peut-être devrions-nous échanger de place. Vous dormez ici, et je prends le grabat.

— Absolument pas ! s'exclama-t-il, secouant la tête. Ce lit est sans doute cent fois plus confortable que le grabat, même s'il est plus éloigné de l'âtre.

— Mais vous avez dit que votre lit était agréable, répliqua-t-elle, et l'on aurait dit qu'elle fronçait les sourcils.

— Il est chaud. C'est plus qu'adéquat, affirma Lucas.

Il prit la couverture, dont il s'était entouré, et l'apporta au lit.

— Tenez, elle est chaude, grâce au feu. Je vous l'échange contre l'une des vôtres. Accepterez-vous au moins cela ?

Il posa la couverture sur elle, pour qu'elle plaide en sa faveur. Elle laissa échapper un petit gémissement de plaisir qui réveilla toutes les parties du corps de Lucas.

— C'est vraiment agréable, merci.

Elle tira une couverture du lit, qu'elle lui lança. Il l'attrapa tandis que Juliana installait celle qu'il lui avait donnée autour d'elle, sans doute pour qu'elle soit directement sur elle.

Celle qu'elle lui avait lancée était également chaude. Et elle sentait aussi son odeur, un léger parfum de fleurs et d'épices. Il ne doutait pas un instant d'avoir tiré le meilleur parti de cet échange.

— Vous devriez simplement dormir avec moi, dit Juliana.

Il se figea.

— Qu'avez-vous dit ?

— Si nous dormions ensemble, nous aurions tous les deux chaud. C'est la seule chose qui me manque du temps où je dormais avec mon mari, car il ronflait terriblement. J'ai emménagé dans ma propre chambre un an après notre mariage.

— Je suis navré d'entendre cela. Qu'il ronflait, je veux dire.

Lucas ne pensait pas ronfler. Aucune de ses partenaires de lit ne s'était jamais plainte, de toute façon.

— En réalité, ce n'était pas la chose la plus décevante à son sujet. Il s'était également désintéressé des... activités au lit.

Oh, bon sang ! Fallait-il vraiment qu'elle parle de cela ? Son esprit luttait déjà pour ne pas l'imaginer dans toutes sortes d'activités sexuelles et sensuelles, toutes commençant par le moment où il se glisserait dans ce lit avec elle.

Il y réfléchissait vraiment, n'est-ce pas ?

Bien sûr que oui. Il n'était pas idiot. C'était un homme au sang chaud, avec un solide appétit pour le sexe. De plus, il la trouvait irrésistiblement attirante, tant au niveau de son corps que de son esprit. Elle avait une conversation captivante, brillante et pleine d'esprit, et il avait envie de passer davantage de temps en sa compagnie, même s'ils ne faisaient que jouer au backgammon. Peut-être était-ce parce qu'elle ne le traitait pas comme s'il était un prix à gagner. La plupart des femmes essayaient de l'attirer dans leur lit ou de le convaincre de se marier.

— C'est, euh... déconcertant, fut tout ce qu'il parvint à dire.

Juliana repoussa les couvertures.

— Venez donc. Nous ne ferons que dormir.

Avait-elle envisagé plus que cela ? Il ne put se résoudre à

lui poser la question. L'une des réponses le décevrait, l'autre ferait monter son excitation à des sommets inégalés. Or, son sexe était déjà prêt. Il baissa les yeux et remarqua que sa chemise flottait bizarrement à cause de son érection. Elle s'en apercevrait sûrement, si ce n'était pas déjà fait.

— Je vous promets de garder mes mains pour moi.

Et il se doutait que ce serait difficile.

— Si nous voulons nous réchauffer l'un l'autre, mieux vaudrait que nous nous touchions. Mais si vous parlez de me toucher d'une manière qui serait déplacée, je comprends et j'apprécie. Maintenant, montez dans le lit, car je recommence à avoir froid.

Tout en sachant que c'était une erreur, Lucas se glissa dans les draps et les remonta. Juliana s'enfouit sous les couvertures et se rapprocha de lui.

— Serait-ce déplacé ? s'enquit-elle, ses jambes frôlant celles du jeune homme. Si nous nous touchions, je veux dire. Ce n'est pas comme si vous pouviez me déshonorer. Je suis une veuve indépendante. Si je voulais avoir une liaison avec vous dans ce lit, qui pourrait dire que ce n'est pas tout à fait approprié ?

On aurait presque dit qu'elle se parlait à elle-même, comme si elle défendait l'idée de le séduire. Il faillit rire : elle n'avait absolument pas besoin de le séduire. Il la prendrait volontiers, si vite qu'elle n'aurait pas le temps de dire : « Touche-moi, s'il te plaît. »

— Vous êtes la seule à pouvoir dire si c'est convenable ou non, dit-il d'un ton égal, alors que son corps était en proie au désir.

Elle pressa son flanc contre le sien ; elle était allongée sur le dos, tout comme lui.

— Je suppose que c'est vrai. Sauf qu'il faudrait aussi que vous soyez un participant volontaire, affirma-t-elle en tournant la tête vers lui. Pour ma part, dormir avec une autre personne me manque un peu, surtout à cette période de l'année. C'est douillet et réconfortant.

Juliana rapprocha sa jambe de celle de Lucas.

— Quelle est votre opinion ?

Bon sang ! Était-elle en train de lui demander s'il voulait coucher avec elle ? Ou était-ce simplement le fait de dormir avec quelqu'un qui lui manquait ? Lucas ne pouvait pas vraiment répondre à cette question, car il pouvait sans doute compter sur les doigts des deux mains le nombre de fois où il avait passé une nuit entière au lit avec une femme.

— Madame Sheldon, depuis combien de temps n'avez-vous pas partagé le lit d'un homme ?

— Sept ans. Depuis que j'ai pris ma propre chambre dans la maison de mon mari. Mais je pense que vous parlez plutôt de l'acte sexuel. Cela fait environ cinq. Quand Vincent et moi avons totalement cessé de partager un lit. L'attirance mutuelle que nous avions autrefois partagée et qui nous avait poussés à nous marier s'était complètement refroidie. Parfois, je me demande si c'est le cas dans tous les mariages, puis je regarde mes parents, et j'ai l'impression que ce n'est pas le cas. Ils se sont mariés par amour, et ils s'aiment toujours.

— Les miens aussi, déclara Lucas, fasciné par cette femme qui parlait avec tant d'audace de sujets que la plupart des autres n'abordaient pas, qu'elles soient veuves ou non. Était-ce votre cas, à votre mari et vous ? Je veux dire… vous êtes-vous mariés par amour ?

— Non. C'était un mariage de désir, et quand celui-ci s'est dissipé, nous nous sommes installés dans une amitié simple. Je suppose que c'est mieux que de se séparer. J'étais triste quand il est mort.

Voilà qui semblait particulièrement horrible. Pas seulement parce qu'il était mort, mais aussi parce que leur mariage avait commencé par une promesse et s'était réduit à moins que ce à quoi ils s'étaient attendus. Il se rendit compte que c'était une chose qu'il craignait. Ses parents lui avaient montré ce qu'étaient deux personnes follement amoureuses, puis son jeune frère avait fait de même en se mariant l'année précédente, après être tombé éperdument amoureux de sa femme.

Et pendant ce temps, Lucas n'avait même pas de maîtresse. Il préférait les liaisons brèves, ou les aventures d'une nuit. Il était bien plus facile de rompre sans faire d'histoires.

Mme Sheldon pourrait devenir une brève liaison.

Pour une raison qui lui échappait, il ne voulait pas la mêler à ses autres amantes. D'une certaine façon, elle était différente. Inattendue. Parce qu'il l'avait rencontrée au milieu d'une tempête de neige et qu'il se retrouvait maintenant à partager un lit avec elle dans un but non sexuel. Il rit.

— Qu'est-ce qui vous amuse ? demanda-t-elle, l'air amusée, elle aussi.

— Je vous aime bien, madame Sheldon. Mais je dois insister pour que vous dormiez. Vous vous êtes pratiquement effondrée sur la table de backgammon tout à l'heure.

Juliana bâilla.

— Vous étiez obligé de me le rappeler ! Très bien. Dormons. J'ai beaucoup plus chaud maintenant, merci. J'espère que ce n'est pas une trop grande contrainte.

Elle se tortilla contre lui, et il réprima un gémissement.

— C'est un véritable plaisir, murmura-t-il, croyant qu'elle était peut-être déjà endormie, car sa respiration s'était de nouveau apaisée.

Pour la première fois, il avait l'impression de comprendre l'intérêt de partager son lit avec quelqu'un tous les soirs.

— Bonne nuit, madame Sheldon.

CHAPITRE 2

*L*ucas se réveilla tôt, au moment où la lumière du jour commençait à percer à travers les rideaux et à tacheter le sol. Il cligna des yeux, et un moment s'écoula avant qu'il prenne conscience de l'endroit où il se trouvait. Et avec qui.

La jambe de Mme Sheldon, qu'il pouvait aussi bien appeler Juliana après avoir partagé un lit avec elle, était glissée entre les siennes, et son dos était collé contre son flanc. Sa tresse reposait sur l'épaule de Lucas. Il savait maintenant que ses cheveux sentaient la lavande. Mais il ne connaissait toujours pas leur texture. Ses doigts le démangeaient d'en détacher les mèches.

La plupart des matins, il se réveillait avec le sexe raide, mais aujourd'hui, c'était pire. Aujourd'hui, son corps suppliait sa main d'alléger ses souffrances. Il ne se laisserait pas aller à se faire plaisir alors qu'il occupait la même chambre que Juliana. Et peu importait à quel point il était tenté.

Au lieu de cela, il se glissa à contrecœur hors du lit chaud et s'habilla rapidement. Il raviva le feu en prenant soin d'être plus silencieux que la nuit précédente, ce qui lui prit plus de temps. Quand il fut sûr que Juliana aurait suffisamment chaud, il sortit, s'assurant que la porte se refermait bien derrière lui.

Après s'être soulagé aux toilettes, il envisagea de satisfaire ses autres besoins, mais il faisait trop froid. Au moins, il avait cessé de neiger, et le soleil ferait probablement fondre la neige d'ici la mi-journée. Pourtant, il ne pourrait pas voyager ce jour-là. Peut-être le jour suivant, du moins l'espérait-il.

Mais… l'espérait-il vraiment ? Il devait admettre qu'il appréciait de passer du temps avec Juliana. Et de partager son lit, même s'ils ne faisaient que dormir. Il se sentait particulièrement reposé ce matin-là.

Lorsqu'il retourna à l'intérieur, Mᵐᵉ Lilley l'accueillit.

— Voulez-vous du café ou du thé pour vous réchauffer, my lord ?

— Du thé, merci.

Il n'avait jamais pris goût au café. Il en buvait à l'occasion, mais il choisissait toujours le thé s'il en avait la possibilité.

Il prit place à la même table que la veille au soir avec Juliana. Son père lui aurait dit qu'il se montrait généralement nostalgique, comme sa mère. C'était vrai. Lucas était doté d'une nature sentimentale, contrairement à son père. Parfois, il se demandait comment ses parents avaient pu faire un mariage d'amour en dépit de leurs différences.

Mᵐᵉ Lilley lui apporta son thé et le lui versa, puis ajouta du sucre.

— J'espère que vous avez passé une bonne nuit ?

— C'est le cas, merci.

— J'ai remarqué que vous n'aviez pas dormi dans la salle commune.

Elle ne posa pas de question, mais sa curiosité était aussi audible qu'un orage. Cependant, il n'avait pas l'intention de la satisfaire.

— C'est exact.

Soulevant sa tasse de thé, il but une gorgée du délicieux breuvage.

Avec un haussement d'épaules, Mme Lilley l'informa qu'elle apporterait bientôt le petit déjeuner. Puis elle quitta la salle commune.

Quelques minutes plus tard, Juliana apparut dans l'escalier. Sa tresse de cheveux noirs était enroulée et épinglée sur sa tête, dévoilant la colonne élégante de son cou. Elle portait la même robe que la veille, un vêtement de voyage en laine bleu paon simple, mais joli.

— Vous vous êtes levé très tôt, remarqua-t-elle en venant le rejoindre à la table.

— Avez-vous bien dormi ? s'enquit Lucas, regrettant de ne pas avoir pensé à demander une deuxième tasse pour pouvoir lui offrir du thé.

— Oh, oui ! Grâce à vous.

Elle lui adressa un immense sourire, et il eut soudain le souffle coupé. Il avait l'impression d'être à nouveau un jeune homme à Oxford, approchant nerveusement une femme pour la première fois.

— Il a cessé de neiger.

— C'est vrai, mais les routes ne commenceront à dégeler que plus tard. Nous ne pourrons partir que demain au plus tôt, et encore, s'il ne neige pas à nouveau.

Elle lança un regard vers la fenêtre donnant sur la cour.

— Le ciel m'a paru assez dégagé. Peut-être aurons-nous de la chance.

— Vous êtes toujours impatiente de rentrer chez vous, remarqua Lucas.

— Peut-être un peu moins, affirma-t-elle, un petit sourire taquinant ses lèvres rose foncé.

Celle du bas était plus charnue que celle du haut, parfaite pour qu'il la tire avec ses dents. Elle avait un visage en forme de cœur, avec une légère fossette au menton. Mais c'étaient ses yeux verts perçants qui attiraient le plus souvent son attention. Ils étaient vifs, pleins d'intelligence, et captivants d'une manière mystérieuse, comme si elle détenait des secrets. Mais, n'était-ce pas le cas de tout le monde ?

Des pieds dévalèrent les escaliers tandis que la mère qui était arrivée la veille emmenait ses trois enfants, tout en portant à nouveau le quatrième, jusqu'à la salle commune. Son mari suivait derrière. Il s'était joint à sa famille dans la salle commune pour le dîner, puis il avait remercié Lucas de leur avoir donné sa chambre. Il avait également essayé de le rembourser, mais Lucas lui avait dit de garder l'argent au cas où ils rencontreraient d'autres difficultés au cours de leur voyage.

— Pouvons-nous jouer dans la neige, maman ? demanda l'un des deux garçons.

— Vous allez vous mouiller, et ensuite nous devrons faire sécher vos vêtements. Non, nous allons rester à l'intérieur aujourd'hui. Maintenant, mettez-vous à table pour que nous puissions prendre notre petit déjeuner.

Elle les conduisit à nouveau à la table près du feu. Les enfants se glissèrent sur leurs chaises, l'air plutôt abattu.

— Je me souviens de ce que l'on ressent lorsque l'on n'est pas autorisé à faire quelque chose, déclara Lucas, puis il lança un regard à Juliana. Et vous ?

— Tout le temps. Je suis une femme, vous vous rappelez ? répondit-elle en riant doucement. C'est un peu mieux depuis que je suis veuve. Lorsque j'étais jeune et célibataire, il m'arrivait souvent de vouloir aller quelque part ou faire quelque chose, et ma mère me disait que je ne pouvais pas.

— Quelles sortes de choses ?

Mme Lilley revint avec une deuxième tasse pour Juliana, et rajouta de l'eau chaude dans la théière.

— J'ai du pain, du jambon et des œufs qui arrivent bientôt.

Juliana lui sourit.

— Merci, madame Lilley.

— Je suis heureuse de voir que vous vous êtes rapprochés, dit-elle, son regard allant de Juliana à Lucas. Je pourrai peut-être me vanter auprès de mes amis qu'un vicomte a découvert sa fiancée dans *mon* auberge.

Il y avait dans son regard une lueur complice, comme si elle avait déduit où Lucas avait passé la nuit. À sa décharge, elle ne le dit pas.

— Je suis désolée de vous décevoir, madame Lilley, mais lord Audlington et moi ne sommes pas fiancés et nous ne nous fiancerons pas, déclara Juliana.

— Eh bien ! Je peux toujours espérer.

Mme Lilley se retira, et Juliana versa son thé.

— Comment savez-vous que nous ne nous fiancerons pas ? Maintenant que vous l'avez dit, nous allons sans doute nous marier et avoir dix enfants.

Juliana éclata de rire.

— Je ne crois pas. En tout cas, pas les enfants, précisa-t-elle avant de boire son thé. Mme Lilley ne faisait que nous taquiner.

Sans doute, mais Lucas se demanda soudain si Juliana pourrait être sa vicomtesse. Un frisson lui parcourut la nuque, ce qui arrivait généralement lorsqu'il envisageait de se marier. Il se sentait chaque fois oppressé, comme s'il était soudain confiné dans une petite pièce sans fenêtre. C'était complètement idiot, et il ne comprenait pas pourquoi, surtout que la sensation disparaissait aussi vite qu'elle était apparue.

Il chercha à changer de sujet et se tourna à nouveau vers les enfants qui se morfondaient.

— Vous ne m'avez pas dit ce que vous vouliez faire et que votre mère vous refusait.

— Il y a eu une fois où j'ai voulu faire un tour en bateau sur la rivière avec des amis. C'était interdit. Tout comme jouer au badminton dans le parc. Sauf si ma mère était présente. Mais ce n'était pas aussi amusant.

Ses yeux magnifiques pétillaient de cette réserve énigmatique qu'il trouvait si séduisante.

— Vous vous êtes assurément enfuie et vous avez fait ces choses.

— Quelques fois. Jusqu'à ce que je me fasse prendre, et que je sois punie dans ma chambre pendant quinze jours. Ensuite, j'ai suivi les règles.

— Regrettez-vous de l'avoir fait ?

— Pas vraiment. J'ai eu une enfance très heureuse, et mes parents sont d'une gentillesse incroyable. Ils ne voulaient que ce qu'il y avait de mieux pour moi.

— Et c'était le mariage avec Sheldon ?

— Ils ont été ravis qu'il me demande ma main. Il possédait un grand domaine, et il avait d'excellents revenus. Mon père pensait que j'épouserais un pasteur, ou, si j'avais de la chance, un avocat.

— Comment avez-vous rencontré Sheldon ? l'interrogea Lucas, qui voulait entendre chaque partie de son histoire.

— Il est entré un jour dans la boutique de mon père à la recherche d'un traité sur les moutons, ou quelque chose comme cela. Je ne me souviens pas exactement. Nous avons, euh… établi une connexion immédiate.

— Ce n'était pas de l'amour, car vous avez dit que vous n'étiez pas amoureux l'un de l'autre, intervint-il, mais il se souvint qu'elle avait seulement dit qu'elle ne l'aimait pas. À moins que… Est-il tombé amoureux de vous ?

Elle secoua la tête.

— C'était bien plus banal. Un désir instantané, si vous voulez.

— Eh bien… j'en ai déjà fait l'expérience.

Avec elle, en fait. Peut-être pas *instantanément*, mais dans un court laps de temps après avoir fait sa connaissance. C'était sans doute la conséquence de partager un lit avec quelqu'un qui vous attirait. De petits plis marquèrent le front de Juliana.

— Pourtant, vous n'avez épousé personne pour qui vous ressentiez cela ?

— Non. Je pense que je voudrais ressentir davantage que cela, affirma Lucas.

Lorsque Juliana détourna le regard, il comprit qu'elle songeait à son propre mariage.

— Ce n'est pas une mauvaise raison pour épouser quelqu'un, dit-il d'une voix douce.

— Je vous remercie de dire cela, répondit-elle avec un soupir. J'étais jeune, et sans doute stupide. Et, à l'époque, j'ai pensé que c'était plus.

— Vous n'avez pas l'air malheureuse.

— Je ne le suis pas. Contrairement à ces enfants.

Elle envoya un regard dans leur direction. L'un des garçons discutait avec son père, et il semblait qu'il plaidait peut-être sa cause pour avoir la permission de sortir.

— Mon frère et moi nous lancions des boules de neige dans le jardin, expliqua Lucas en souriant, se remémorant les nombreuses fois où ils s'étaient battus jusqu'à ce qu'ils soient trempés. J'ai hâte de rentrer pour le voir, en fait. Si le temps s'y prête, nous ferons peut-être une bataille de boules de neige, comme dans notre jeunesse.

— Votre famille a l'air charmante.

— Elle est sur le point de s'agrandir. Si je me dépêche de rentrer, c'est parce que sa femme doit accoucher de leur premier enfant très bientôt.

— Comme c'est merveilleux ! J'ai deux nièces et trois neveux. Ils sont adorables. Épuisants, mais adorables.

Lucas se rendit compte qu'il ne lui avait pas demandé si elle avait des enfants. Il se doutait que ce n'était pas le cas, puisqu'ils ne voyageaient pas avec elle. Ils seraient sûrement venus avec elle lors de sa visite à ses parents.

— Sheldon et vous n'avez pas eu d'enfants.

Juliana secoua la tête.

— Je pense que je ne peux pas être mère. Nous avons assurément déployé suffisamment d'efforts pour en avoir au moins un ou deux, dit-elle, puis elle rougit. Et voilà que je recommence, je partage trop de choses.

Lucas se pencha sur la table et murmura :

— J'aime tout savoir de vous.

Le regard de Juliana croisa le sien.

— Oh !

Mme Lilley leur apporta leur petit déjeuner et s'excusa pour le retard. Ils mangèrent en silence pendant quelques minutes. Lucas n'aurait pas su dire si le fait de ne pas avoir d'enfants la dérangeait, mais il ne voulait pas poser la question. S'il était curieux, il ne voulait pas pour autant être intrusif.

— Allez-vous chercher une vicomtesse cette saison ? demanda-t-elle avant de prendre une bouchée de jambon.

— Vaguement. C'est ce que je fais, en général. Je trouve le marché du mariage abrutissant. C'est une véritable représentation, et il est difficile d'apprendre à connaître une personne avec toutes ces maudites règles qui vous empêchent de le faire. Je n'aurais jamais pu passer autant de temps ni avoir de conversations aussi passionnantes avec une jeune lady célibataire.

— Sans parler du fait de dormir ensemble, ajouta-t-elle d'un air entendu.

Il éclata de rire.

— Sans parler de *cela*. C'est vraiment très mal vu.

— Alors, le marché du mariage n'était définitivement *pas* pour moi.

Le ton de Juliana était un peu hautain, d'une manière amusante, et Lucas ne put s'empêcher de sourire. Pourquoi n'aurait-il pas pu rencontrer quelqu'un comme elle lors d'une saison londonienne ?

Elle prit sa tasse de thé.

— Que faites-vous, en dehors d'éviter de vous faire passer la corde au cou ? Êtes-vous au Parlement ?

— Non. Je m'amuse, et je continue à aider mon père à superviser nos intérêts familiaux.

— Si vous n'êtes pas membre du Parlement, et que vous ne vous intéressez pas au marché du mariage, pourquoi assister à la saison ?

— Quelle question troublante et incisive ! s'exclama-t-il, lui adressant un hochement de tête admiratif. Vous avez touché du doigt le cœur de mon existence insignifiante. Je suis un séducteur sans raison d'être. Enfin, sans bonne raison d'être, en tout cas.

Il plaisantait, mais il ne pouvait ignorer la douloureuse sensation d'inconfort qui l'assaillait.

— Mais alors, pourquoi ne pas trouver autre chose pour vous occuper ? Ou bien, et c'est une idée véritablement scandaleuse, *n'allez pas à Londres* !

Elle haleta et haussa les sourcils avant de sourire malicieusement. Elle lui avait donné matière à réflexion. À beaucoup de réflexion, en fait. Il n'avait jamais eu de mal à s'occuper en dehors de Londres. Il avait de nombreux amis, et il aimait voyager pour leur rendre visite. Il passait souvent du temps à visiter leurs propriétés et à rassembler des idées d'amélioration. Il aimait parler avec les locataires et découvrir leur vie. Et ces visites n'étaient-elles pas effectivement bien plus engageantes que la saison ? En outre, n'était-il pas possible, et préférable, qu'il trouve une femme lors d'une telle occasion ? Son ami Cosford et sa charmante épouse organisaient généralement des parties de campagne très divertissantes. Peut-être cela ne les dérangerait-il pas d'en organiser une dans le but de jouer les entremetteurs ?

— Merci, papa !

Lucas tourna la tête vers l'enfant qui avait poussé un cri de joie.

— Seulement dix minutes. Et pas de boules de neige. Vous ne pouvez pas vous retrouver complètement trempés !

Lucas se leva de table.

— Pardonnez-moi. Je crains que mes services soient requis, annonça-t-il en se dirigeant à grands pas vers la famille. Si vous êtes d'accord, j'aimerais me proposer comme cible. Les enfants pourront lancer toutes les boules de neige qu'ils voudront… sur moi. Bien sûr, il faudra qu'ils me touchent vraiment, et je suis capable de me déplacer très rapidement.

Les trois enfants, qui avaient quitté leur chaise, levèrent sur lui des yeux pleins d'excitation.

— Est-ce qu'on peut, papa ? s'enquit l'aîné des garçons, adressant un regard suppliant à son père.

— Montez chercher vos manteaux, dit l'homme.

Il prit le plus jeune des bras de sa femme, qui accompagna les enfants à l'étage pour qu'ils s'emmitouflent.

— Je les garderai aussi secs que possible, promit Lucas.

— Je vous remercie, my lord, dit-il en secouant la tête. Jamais je n'aurais pensé rencontrer un vicomte, et je ne m'attendais surtout pas à ce qu'il soit aussi gentil et… ordinaire que vous.

Il grimaça légèrement.

— Mes excuses. Je ne voulais pas dire que vous étiez ordinaire.

— Je le prends comme un grand compliment, affirma-t-il, puis il retourna à la table et termina son pain.

Juliana leva vers lui des yeux d'une brillance éblouissante.

— Vous ne cessez de m'étonner.

Telle n'avait pas été son intention, mais il ne pouvait nier qu'il se réjouissait du frisson que cela lui procurait de l'entendre.

— Vous pouvez vous joindre à nous.

— Seulement si je peux aussi vous lancer des boules de neige.

Lucas se pencha et parla dans le creux de l'oreille de Juliana.

— Vous pouvez me faire ce que vous voulez.

❧

Une fois le dîner terminé, Juliana termina sa toilette et s'assit sur le lit. Elle n'avait pas souvenir d'avoir déjà passé une journée aussi merveilleuse. Avec les enfants, ils avaient bombardé Lucas de boules de neige jusqu'à ce qu'il soit trempé, ce qui avait poussé Mme Lilley à insister pour qu'il prenne un bain chaud dans une pièce privée située à côté de la cuisine. Juliana avait essayé de ne pas penser à Lucas nu dans le bain.

Lucas.

Il avait exigé qu'elle l'appelle ainsi, affirmant qu'elle lui devait bien cela, puisqu'elle lui avait probablement fait attraper un vilain rhume. Elle s'était sentie horriblement mal à ce moment-là, même en comprenant qu'il l'avait taquinée.

Maintenant, alors qu'elle était assise sur le bord du lit en attendant son arrivée, elle priait pour qu'il ne tombe pas malade. Pourtant, il n'y avait eu aucun signe en ce sens. Il s'était montré charmant et charmeur comme à son habitude, en plus d'amuser les enfants qui avaient supplié qu'on leur permette de dîner avec Lucas.

Mme Lilley avait rapproché deux tables pour que Juliana et Lucas puissent partager leur repas avec les Garrett. Mme Garrett s'était assise à côté de Juliana, ce qui avait permis à cette dernière de tenir leur petite dernière, une adorable petite fille nommée Maggie, qui venait de fêter son deuxième anniversaire.

Ensuite, Mme Garrett avait affirmé que Juliana ferait une excellente mère, et que, bien sûr, lord Audlington avait déjà démontré ses talents de père. La jeune femme n'avait pas pris la peine de dire à la mère de famille qu'ils n'étaient pas fiancés.

La porte s'ouvrit, attirant son attention. Lucas s'arrêta net.

— Je croyais que vous seriez déjà blottie sous les draps, dit-il avant de refermer soigneusement la porte.

— Je vous attendais. Et je pensais au dîner. Je suis presque certaine que Mme Garrett pense que nous sommes fiancés.

Lucas rit.

— Je me suis fait la même réflexion. Elle a dit que nous ferions d'excellents parents.

— Ce sera votre cas, j'en suis sûre, affirma Juliana. Si cela vous intéresse. Vous semblez aimer les enfants.

Elle se souvint de son impatience à rencontrer sa nouvelle nièce ou son nouveau neveu.

— C'est le cas, en fait, mais je n'ai pas réfléchi au genre de père que je serai. Ou quand j'en deviendrai un. Cela me semble prématuré, étant donné que je n'ai pas encore rencontré de femme que je souhaite épouser.

Juliana ne le lui dit pas, mais elle espérait qu'il trouverait quelqu'un, et qu'il aurait des enfants. Elle voyait bien qu'il en voulait, même s'il ne le pouvait pas, et Mme Garrett avait raison de dire qu'il ferait un excellent père.

Luca retira sa veste et la suspendit à un crochet avant de lui faire face, un sourcil arqué.

— Voilà qui est incroyablement domestique.

Il s'assit sur l'une des chaises et retira ses bottes. Il commença à retirer ses chaussettes, puis s'interrompit.

Juliana descendit du lit et s'approcha de lui.

— Ce le serait davantage si je vous déshabillais, vous ne croyez pas ?

— Mon Dieu ! Juliana, vous fleuretez de façon de plus en plus audacieuse. Je pourrais me demander si vous essayez de me séduire.

Il jeta sa deuxième chaussette par terre et remua les orteils. Juliana rit doucement.

— Cela demanderait-il beaucoup d'efforts ?

Lucas s'assit bien droit sur la chaise et commença à déboutonner son gilet. Le fait qu'il se déshabille en toute désinvolture pendant qu'elle le regardait était incroyablement et scandaleusement érotique.

— Sommes-nous toujours en train de fleureter ou parlons-nous franchement ? s'enquit Lucas.

Le corps de Juliana se tendit, entre anticipation et appréhension.

— Puisque nous partirons très certainement demain, et qu'il est probable que nous ne nous reverrons jamais, je pense que nous devrions être totalement francs, n'est-ce pas ?

— Vous avez d'excellents arguments, remarqua Lucas.

Il enleva son gilet et elle le lui prit. Elle le plia en deux et passa sa main sur le tissu luxueux avant de poser le vêtement sur le dossier de l'autre chaise.

— Très domestique, murmura-t-il, l'observant avec les yeux plissés.

Elle portait une robe de chambre épaisse par-dessus sa chemise de nuit, mais le regard brûlant de Lucas lui donnait l'impression qu'elle ne portait rien.

— Je pense que nous devrions aller au lit, lui dit-elle d'une voix rauque. Et pas pour dormir.

Ses traits reflétèrent une certaine surprise, qui fut rapidement remplacée par un désir impérieux.

— Je n'y suis pas opposé.

Juliana vint se placer entre les jambes de Lucas et elle détacha sa cravate.

— Je ne l'aurais pas cru. À moins que vous ne m'ayez dupée pendant tout ce temps. J'étais prête à parier que vous étiez *impatient*.

Lucas posa les mains sur la taille de la jeune femme, dont les genoux menacèrent de se dérober. Il ne l'avait pas encore touchée de manière aussi intime, y compris lorsqu'ils avaient dormi ensemble.

— Je ne suis pas impatient, lui dit-il d'une voix douce. Je suis *désespéré. Je t'en prie*, délivre-moi de mon tourment.

Juliana sourit.

— Nous ne pouvons pas te laisser souffrir, répondit-elle, le tutoyant à son tour.

Elle lui retira sa cravate et la laissa tomber sur le sol. Glissant ses mains dans sa chemise, elle appuya ses paumes contre sa chair chaude. Puis elle baissa la tête et posa ses lèvres contre celles du vicomte.

Il enfonça ses doigts dans ses vêtements et l'embrassa avec une intensité brûlante. Lucas taquina Juliana, joua avec ses lèvres et sa langue, avant de poser une main sur sa nuque. La serrant contre lui, il approfondit leur baiser, lui montrant à quel point il était désespéré.

Des sensations envahirent la jeune femme ; elle en fut choquée après tout ce temps. Elle s'agrippa aux épaules de Lucas, car elle avait l'impression que le sol allait fondre sous ses pieds.

Il relâcha sa nuque et dénoua sa robe de chambre, l'ouvrit, et mit fin à leur baiser.

— Tu portes une chemise de nuit, constata-t-il, très déçu.

— Mauvaise préparation de ma part.

Elle retira ses bras de la robe de chambre, qu'elle laissa retomber à ses pieds. Puis elle commença à faire de même avec sa chemise de nuit.

Lucas lui offrit son aide, relevant l'ourlet pour exposer ses cuisses, son sexe, son ventre. Avant qu'elle ait entièrement retiré le vêtement, il avait posé les mains sur ses seins et murmurait des choses inintelligibles. Juliana rejeta la tête en arrière et s'abandonna à ses mains. Il la caressa, la taquina, attisant une excitation intense qui palpitait dans son sexe.

La bouche de Lucas se referma sur un mamelon. En gémissant, elle baissa les yeux sur sa tête blottie contre elle et enfonça ses mains dans sa chevelure fauve. Il aspira sa chair avec ses lèvres tandis que ses doigts pinçaient son autre mamelon, tirant pour qu'elle se cambre vers lui et en redemande.

Elle murmura son nom.

— Maintenant, c'est *moi* qui suis désespérée.

— Bien.

Il fit glisser sa main le long de son ventre jusqu'à sa hanche, puis vers son sexe. Il taquina ses replis intimes, bougeant ses doigts contre elle.

— Je peux même *sentir* à quel point tu es désespérée. C'est merveilleux.

Soudain, Lucas se leva, et elle s'attendait à moitié à ce qu'il la soulève dans ses bras et la jette sur le lit. Au lieu de cela, il posa les mains dans ses cheveux et entreprit d'en retirer les épingles.

— Je brûle d'envie de voir tes cheveux défaits presque depuis le moment où j'ai posé les yeux sur toi.

Sa tresse retomba dans son dos, et Juliana la ramena sur son épaule. Avant qu'elle puisse la dénouer, il prit le relais, détachant le petit ruban à l'extrémité, puis il glissa ses doigts dans les boucles pour les libérer.

En arrangeant ses cheveux sur ses épaules, Lucas la regarda presque avec révérence.

— Tu es si belle, murmura-t-il en la soulevant dans ses bras.

Il la porta jusqu'au lit, où il l'allongea avec tendresse sur les draps. Juliana le regarda retirer le reste de ses vêtements. Son corps brillait à la lumière du feu, qui donnait à sa chair une teinte dorée. Il était musclé, avec une touffe de boucles fauves entre ses mamelons, qui descendait jusqu'à son ventre. Suivant ce chemin du regard, elle remarqua le signe évident du *désespoir* de Lucas. Son membre se tenait droit et dur, aussi prêt qu'elle l'était.

— Viens à moi, Lucas. Maintenant. Nous pourrons aller plus lentement plus tard.

Il grimpa sur le lit, couvrant le corps de Juliana avec le sien.

— Plus tard ?

— Tu ne crois tout de même pas que je vais gâcher un seul instant de cette nuit ?

Lucas embrassa Juliana vite et fort, en riant.

— Tu es une femme extraordinaire. C'est tout simplement le meilleur désagrément de voyage que j'ai jamais connu.

Juliana passa la main entre eux pour le caresser.

— Je veux m'assurer que tu ne l'oublies jamais.

— Ce serait impossible.

Il s'empara à nouveau de sa bouche, sa langue s'enfonçant profondément en elle tandis qu'elle caressait son sexe.

Il bascula les hanches et elle réagit, se cambrant sur le lit. Frôlant la main de Juliana avec la sienne, il trouva également son sexe, glissant un doigt en elle. Elle écarta les jambes et se souleva pour répondre à ses caresses. Elle était plus que désespérée.

Enroulant les jambes autour de ses hanches, elle approcha le membre de Lucas de son sexe. Ensemble, ils la guidèrent en elle. Il plongea profondément dans son intimité, agrippant sa hanche.

Lucas repoussa les cheveux de Juliana de son visage, puis l'embrassa sur le front.

— Je ne peux pas aller lentement. La prochaine fois.

— Oui, s'il te plaît.

Elle ne voulait pas de lenteur ni de douceur. Elle voulait le sentir partout en elle.

Plantant ses talons dans les fesses de Lucas, Juliana l'incita à bouger. Il s'exécuta sans hésiter, ses hanches claquant contre les siennes. Il alla vite, la comblant encore et encore et la poussant à la limite de son contrôle. Elle bascula du haut de cette falaise dans un merveilleux abîme tandis qu'il caressait son clitoris avec son doigt, intensifiant son orgasme. Poussant un cri, elle se contracta autour de lui, son corps frémissant sous l'effet de la libération.

Il ralentit, maintenant un rythme régulier pendant qu'elle revenait lentement. Lucas retrouva sa bouche et l'embrassa avec un abandon indolent, mais complètement décadent, ravivant son désir jusqu'à ce qu'elle en soit presque haletante.

Elle s'agrippa à sa tête et bougea sous lui, le pressant d'augmenter sa vitesse. Une fois encore, il répondit à ses besoins, s'enfonçant en elle avec des coups de reins rapides, jusqu'à ce qu'elle crie à nouveau alors que son corps frôlait l'extase.

Descendant la main, elle empoigna son postérieur, enfonçant ses doigts dans la chair. Lucas grogna son nom. Puis le monde s'écroula quand Juliana jouit à nouveau. Gémissant de satisfaction, elle le tint serré contre elle tandis qu'il jouissait à son tour, le corps tremblant.

Au bout de quelques minutes, il roula sur le flanc, et elle le suivit. Elle n'avait pas l'intention de le laisser partir ce soir-là. En fait, elle ne savait pas comment elle pourrait le laisser partir au matin.

Juliana posa sa main sur la poitrine de Lucas et sentit son cœur battre à tout rompre. Il commença à ralentir à mesure qu'ils reprenaient leur souffle.

— La prochaine fois, je serai dessus.

Il tourna la tête.

— Vraiment ?

— J'aime chevaucher… T'ai-je parlé de ma jument, Clio ? Je la monte tous les jours. En fait, elle me manque beaucoup quand je ne suis pas là.

— Donc, tu es en train de me dire que tu as besoin d'une bonne chevauchée.

Le sourire provocateur de Lucas fit chavirer le cœur de Juliana.

— Oui, c'est ce que je dis, confirma-t-elle, caressant son mamelon du bout du doigt. Je dois t'avertir que je suis une excellente cavalière. Je ne me fatigue pas facilement.

Lucas gémit.

— Tu es, sans le moindre doute, la femme la plus stupéfiante que j'aie jamais rencontrée, affirma-t-il, puis il tendit le bras sur le côté et la regarda avec une admiration non dissimulée. Je suis à ta disposition.

~

Juliana sourit avant même d'ouvrir les yeux. Quelle nuit spectaculaire ! Elle serait fatiguée ce jour-là, mais cela en valait largement la peine.

Se retournant, elle tendit la main vers Lucas. Elle ne trouva rien que des draps froids et vides. Elle ouvrit les yeux et balaya la pièce du regard à sa recherche.

Elle était vide.

Il s'était levé tôt, la veille, il était donc probablement déjà en bas. Impatiente de le voir et de passer le peu de temps qu'il leur restait avec lui, elle bondit hors du lit. Elle se lava et s'habilla rapidement, remarquant que ses affaires n'étaient plus là non plus. Bon, il les avait sans doute descendues puisqu'ils devaient repartir ce jour-là.

Pour en avoir la confirmation, elle s'approcha de la fenêtre. De légers nuages assombrissaient le ciel ; la neige avait presque disparu, laissant place à de la boue. Elle voyagerait lentement ce jour-là, mais ils pouvaient repartir.

Zut ! Elle avait espéré qu'il neigerait à nouveau.

Après avoir noué ses cheveux, elle descendit. Les Garrett étaient déjà dans la salle commune, ainsi que quelques autres clients. Mme Lilley s'activait, comme à son habitude.

— Bonjour, dit Mme Garrett à Juliana. Voulez-vous vous joindre à nous pour le petit déjeuner ?

Juliana ne voyait pas Lucas.

— J'en serais ravie, merci. Lord Audlington se joint-il à vous également ?

— Nous ne l'avons pas vu, répondit Mme Garrett, dont l'attention se porta sur sa gauche. Hal ! Ne te moque pas de ta sœur !

Elle se tourna à nouveau vers Juliana.

— Excusez-moi.

En fronçant les sourcils, Juliana se dirigea vers Mme Lilley, qui venait d'apporter le thé à une table.

— Je vous demande pardon, madame Lilley, mais je me demandais si vous saviez où se trouve lord Audlington.

La femme la fixa un long moment, de plus en plus gênant.

— Ah ! Vous n'êtes pas au courant qu'il est parti plus tôt ?

Il était parti sans rien lui dire ? Le ventre de Juliana se noua. Elle eut l'impression d'être tombée d'une berline en marche. C'était bouleversant. Inattendu. Et douloureux.

— Non, je ne le savais pas.

— Juste ciel ! Je suis désolée. Je vous prie de m'excuser pour le moment, mais je pourrai vous aider plus tard.

Elle adressa un sourire chaleureux à Juliana avant de se précipiter vers la cuisine.

Juliana ne s'était pas attendue à quoi que ce soit de sa part, mais, après la nuit qu'ils avaient passée ensemble, il lui aurait semblé au moins courtois qu'il lui fasse ses adieux. Au lieu de cela, il s'était enfui au petit matin sans un mot. Elle n'était pas vraiment en colère, mais très, très déçue. Mais ce senti-ment… c'était *cela* qui la mettait en colère. Cela faisait long-temps qu'un homme ne l'avait pas affectée. Peut-être était-ce pour cela qu'elle était restée si longtemps sans qu'on la touche. Il était plus facile, et mieux, de mener une vie sans attente ni déception.

Pourtant, elle n'allait pas regretter cette brève liaison. Grâce à Lucas, elle s'était sentie vivante comme elle ne l'avait pas été depuis des années. Elle lui serait reconnaissante, même s'il s'était avéré être un goujat égocentrique. En fait, il lui avait fait un cadeau. Maintenant, elle pouvait envisager de nouvelles… incartades. Pourquoi pas ?

Juliana repoussa ses émotions négatives et se plongea dans son petit déjeuner. Puis, emplie d'une détermination nouvelle, elle fit ses valises.

Oui, elle remercierait Lucas de lui avoir rappelé qu'elle était une femme, et pas seulement une veuve. Et elle l'aurait fait en personne s'il ne s'était pas enfui. Et c'était tant pis pour lui.

CHAPITRE 3

Warwickshire, Angleterre, octobre 1803

*J*uliana n'avait jamais participé à une partie de campagne. Encore moins à un événement organisé dans le but de créer des affinités, que ce soit pour le mariage ou… pour d'autres activités. Elle essaya de se rappeler les termes exacts de l'invitation, mais elle avait été transmise oralement par quelqu'un envoyé par leurs hôtes, lord et lady Cosford, et elle ne se souvenait pas du vocabulaire précis.

Elle se réjouissait de revoir lord et lady Cosford, et elle espérait se faire de nouveaux amis. Plus important encore, elle espérait avoir une liaison. Cette idée l'emplit d'un frisson vertigineux.

Plusieurs mois s'étaient écoulés depuis sa dernière aventure, une liaison de trois mois avec Conrad Smithson, un veuf qui vivait à Skipton. Il l'avait demandée en mariage, alors qu'elle lui avait dit qu'elle n'était pas intéressée : elle

avait donc mis fin à leur arrangement. Pourquoi se marie-
rait-elle alors qu'elle était financièrement à l'abri et qu'elle
jouissait de l'indépendance confortable du veuvage ?

Cette partie de campagne était l'occasion parfaite pour
une liaison temporaire, pour la durée du séjour. Pour Juliana,
cela semblait idéal.

Sa berline s'arrêta devant Blickton, le siège rural du
comte de Cosford, une magnifique maison à façade palla-
dienne construite au cours du siècle précédent. Un valet de
pied ouvrit la portière et l'aida à descendre. Elle remarqua
aussitôt la rude brise et le ciel qui s'assombrissait au loin, à sa
gauche. Elle se hâta d'entrer dans la maison.

— Bienvenue à Blickton, la salua le majordome en s'inclinant.

Lady Cosford arriva dans le hall d'entrée, un large sourire
illuminant ses traits.

— Madame Sheldon, quel plaisir de vous voir ! Je suis si
heureuse que vous ayez enfin pu nous rendre visite.

— Je suis ravie que vous m'ayez invitée. Je regrette de ne
pas avoir pu venir l'an passé.

Juliana avait reçu une invitation à une autre partie de
campagne à peu près à la même époque l'année précédente,
mais elle s'était engagée à aider son amie qui venait d'avoir
un bébé.

— Et que dirais-tu de nous appeler par nos prénoms et de
nous tutoyer, comme lors de ma dernière visite ? poursuivit-
elle.

Certes, cette visite datait de plusieurs années, quand elle
était encore mariée à Vincent.

— Oh, oui ! Avec grand plaisir ! Je suis vraiment ravie que
nous ravivions notre amitié, affirma Cecilia, prenant le bras
de Juliana. Je suis heureuse que tu sois là. Je me suis demandé
si je n'avais pas fait quelque chose pour te contrarier lorsque
tu es venue avec ton mari.

— Absolument pas, la rassura Juliana. Les premières années, j'ai un peu vécu en ermite.

Lady Cosford la fixa de ses yeux bruns.

— Qu'est-ce qui t'a finalement fait sortir de ton isolement ?

Juliana ne pouvait pas lui dire la vérité, que c'était une aventure surprenante avec un vicomte dans une auberge pendant une tempête de neige.

— Je suppose qu'il était tout simplement temps.

— Eh bien ! Voilà une réponse mystérieuse, remarqua lady Cosford d'un ton enjoué.

La Veuve mystérieuse. C'était ainsi que l'avait appelée Lucas. Un courant d'air frais souffla dans le dos de Juliana. Les yeux de lady Cosford pétillaient quand elle regarda vers la porte.

— Un autre invité est arrivé. Viens, je vais te présenter à lord Audlington.

Juliana se figea, et cela n'avait rien à voir avec le vent froid qui s'était engouffré dans le hall, car la porte était maintenant fermée. Se retournant lentement, elle observa Lucas, qui remettait son chapeau et ses gants au majordome, avec qui il discuta quelques instants.

Oh ! Voilà qui s'annonçait *fort bien.*

Lady Cosford la fit avancer. Lucas se tourna alors vers elles, son regard se posant d'abord sur leur hôtesse, puis sur Juliana. En voyant la lueur dans ses yeux lorsqu'il la reconnut, cette dernière faillit éclater d'un rire joyeux. Elle avait cru ne plus jamais le revoir. Et elle ne s'était assurément pas attendue à le voir *ici.*

Qu'elle le fasse d'une manière qui lui permettait de le choquer était tout à fait réjouissant.

— Audlington, permettez-moi de vous présenter mon amie, Mme Juliana Sheldon.

Lucas s'inclina profondément.

— C'est un grand honneur pour moi.

Juliana lui adressa une révérence superficielle. C'était tout ce qu'il méritait.

— Juliana, voici le vicomte Audlington.

La jeune femme serra les mâchoires, de peur de corriger Cecilia et de l'informer qu'il était mieux connu sous le nom de *Vicomte en fuite*. Du moins, il l'était pour Juliana.

— Vous êtes les premiers, leur annonça lady Cosford. Nous nous retrouverons dans le salon dans environ une heure, car la plupart des invités arriveront à ce moment-là. En attendant, Vernon va vous conduire à vos chambres. Il se trouve que vous êtes assez proches l'un de l'autre.

Juliana évita de regarder Lucas. Elle ne voulait pas savoir ce qu'il en penserait. Il souhaiterait sans doute qu'elle l'invite dans son lit, mais elle n'en ferait rien. Elle était peut-être venue pour une liaison, mais ce ne serait *pas* avec lui.

Cependant, elle jeta un regard à Cecilia. Avait-elle fait exprès de les installer à proximité l'un de l'autre ? Espérait-elle que Juliana et Audlington se lient ? Si c'était le cas, elle risquait d'être déçue.

Cecilia retira son bras de celui de Juliana.

— Je te vois tout à l'heure.

— Oui, merci.

Juliana suivit le majordome, un homme d'une cinquantaine d'années de taille moyenne, aux cheveux gris foncé et au ventre arrondi.

Vernon ouvrit la voie dans les escaliers.

— Vous êtes tous les deux dans l'aile ouest.

— J'ignorais que tu serais ici, murmura Lucas.

Juliana garda les yeux rivés vers le haut pendant qu'ils gravissaient les marches.

— Aurais-tu décidé de ne pas venir ? lui demanda-t-elle d'un ton froid. N'aie crainte, tu pourras toujours t'enfuir. Tu es très doué pour cela.

— M'enfuir ? Je n'ai pas…

Elle coula un regard vers lui et réprima un sourire devant le désarroi qui tiraillait son beau visage.

— Lorsque tu quittes une femme au lit sans même lui donner un baiser sur la joue, comment appelles-tu cela ?

— Je t'ai laissé un message !

Sa voix s'éleva sur le dernier mot, incitant Vernon à regarder par-dessus son épaule alors qu'il atteignait la galerie en haut des escaliers.

— Où ?

— Je l'ai donné à M. Lilley. En fait, ce n'était pas un message écrit. Je lui ai dit de t'avertir que j'avais décidé de partir le plus tôt possible, parce qu'il semblait qu'il allait pleuvoir.

— Comme je me sens… spéciale, *my lord*. Malheureusement, M. Lilley ne m'a transmis aucun message. Les enfants Garrett étaient plutôt déçus de ne pas avoir eu droit à un au revoir.

Lucas laissa échapper un son qui se situait entre un grognement et un gémissement. Il donna même l'impression de s'être blessé en le faisant. Elle espérait que c'était le cas.

Bon sang ! Elle n'aurait pas cru éprouver encore de la colère envers lui. Apparemment, elle s'était trompée.

Ils parcoururent la galerie du premier étage, jusqu'à ce que Vernon s'arrête devant une porte sur la gauche. Il l'ouvrit pour Juliana, mais resta dans la galerie.

— Voici votre chambre, madame Sheldon. J'ai cru comprendre que vous n'aviez pas de femme de chambre. Lady Cosford vous en a assigné une. Elle sera bientôt là, à moins qu'elle soit déjà dans votre garde-robe.

— Merci.

Comme la maison de Juliana était assez petite, sa femme de chambre était aussi l'intendante. Lorsqu'elle voyageait, ce qui était rare, elle la laissait chez elle pour maintenir les choses en ordre.

— La vôtre est au bout du couloir, my lord, annonça Vernon, poursuivant son chemin le long de la galerie.

— Je serai là dans un instant, lui répondit Lucas.

Vernon s'arrêta pour jeter un coup d'œil par-dessus son épaule.

— Votre chambre est sur la droite.

Juliana se tenait sur le seuil de la sienne. Lucas lui fit face.

— Je suis sincèrement navré que tu n'aies pas eu mon message, affirma-t-il, et il semblait peiné.

Essayant de ne pas sourire devant son malaise évident, Juliana haussa les épaules.

— Cela n'a guère d'importance. C'était il y a près de deux ans. Je me souviens à peine du temps que nous avons passé ensemble.

C'était un mensonge éhonté, mais il ne le saurait jamais. Il se raidit.

— De mon côté, je m'en souviens très bien, et avec beaucoup d'affection. Je me réjouis de renouer avec toi cette semaine.

— Tant que tu comprends qu'il ne s'agira pas du *même genre* de relation, répliqua-t-elle, puis elle pinça les lèvres et plissa les yeux. Ai-je été bien claire ?

— Parfaitement, lui assura-t-il avant de se pencher plus près d'elle, et elle perçut son parfum masculin de pin et de bois de santal. Cela ne m'empêchera pas d'essayer de te persuader de me pardonner.

Il y avait une promesse dans ses yeux gris, et elle ne put s'empêcher d'éprouver du désir. Elle avait souvent pensé à leur aventure, et il lui arrivait même d'être mélancolique à l'idée qu'il s'agissait seulement d'un souvenir.

Ce qui ne faisait qu'attiser sa colère.

— Essaie tant que tu voudras, *my lord.* J'aurai plaisir à te voir échouer.

Elle recula et lui claqua la porte au nez.

Quand elle se retourna, elle ne prêta qu'une vague attention au mobilier dans la pièce, l'esprit en ébullition. Cette colère qu'elle éprouvait à l'égard de Lucas était plutôt surprenante. Mais pourquoi s'y serait-elle attendue ? Elle n'aurait jamais cru le revoir. Le rencontrer ainsi… c'était un choc. Elle s'habituerait à sa présence, au fait qu'il était dans son présent et pas seulement une image de son passé.

En attendant, elle prendrait plaisir à le torturer. C'était le moins qu'il méritait.

~

Ce soir-là, après le dîner, Lucas était assis dans la salle à manger, buvant du porto avec les autres convives de la partie de campagne. Une énergie nerveuse le poussait à taper du pied, et il ne cessait de jeter des coups d'œil en direction du salon, où se trouvaient les dames.

Où se trouvait Juliana.

Elle s'était assise à l'autre bout de la table pendant le dîner, riant et discutant avec ceux qui l'entouraient. Il n'avait pas l'impression qu'elle l'avait regardé une seule fois. Si elle l'avait fait, elle aurait remarqué qu'il essayait d'attirer son attention. Et pourquoi ? Pour qu'il puisse lui crier de nouvelles excuses à travers la salle à manger, excuses qu'elle lui renverrait certainement au visage ?

Il comprenait qu'elle soit en colère. Elle croyait qu'il était parti sans un mot. Il aurait été contrarié, lui aussi.

La vérité, c'était qu'il regrettait d'être parti sans aller la voir. Sur le moment, il avait eu hâte de prendre la route, de profiter du beau temps tant qu'il durerait. Cependant, ce n'était pas tout. Il l'avait regardée dormir, et il avait vu le potentiel d'une aventure plus longue.

Peut-être même d'une liaison à vie. Ce qui, il en était presque certain, s'appelait le mariage.

Mais, et si ce n'était pas pour toujours ? Et s'ils étaient censés n'avoir qu'une brève aventure, comme toutes celles qu'il avait vécues jusque-là ? Pourquoi serait-elle différente ?

Parce que, depuis près de deux ans qu'il l'avait vue pour la dernière fois, depuis qu'il l'avait tenue dans ses bras, il avait davantage pensé à elle qu'à n'importe quelle autre femme qu'il avait jamais connue. À présent, elle était là, à portée de main, comme si le destin avait voulu qu'ils se retrouvent au moment précis où il avait décidé qu'il était prêt à se marier.

Malheureusement, elle ne semblait pas partager ses sentiments. Il semblait qu'elle avait passé les deux dernières années à le honnir.

Elle croyait que tu étais parti sans un mot !

Même si elle avait eu son message, partir ainsi était malgré tout minable, et il le savait. Il devait se racheter. S'il le pouvait. Ou bien, il pouvait aller de l'avant, et apprendre à connaître les autres femmes présentes à cette partie de campagne.

À côté de lui, un gentleman nommé Howell sembla lire dans ses pensées.

— Voilà une belle cohorte de femmes, n'est-ce pas ?

— Apparemment.

Lucas connaissait à peine cet homme, et il n'avait pas l'intention de discuter de perspectives avec lui. Howell poursuivit.

— Je ne suis pas nécessairement ici pour me marier, voyez-vous, même si ma fille aurait bien besoin d'une mère, sans doute. Dans tous les cas, j'espère que nous passerons un bon moment, remarqua-t-il, agitant ses sourcils sombres.

Qu'en est-il de vous, Audlington ? Vous êtes en quête d'une épouse, n'est-ce pas ?

— Qu'est-ce qui vous fait dire cela ?

L'homme, qui devait avoir au bas mot cinq ans de plus que Lucas, haussa les épaules.

— Vous êtes l'héritier d'un comté et vous avez un certain âge. J'imagine que vous devez ressentir la pression.

— Excusez-moi.

Agacé, Lucas se leva et alla s'asseoir sur un siège libre de l'autre côté de la table, près de son ami Rotherham. Comme Lucas, le comte était ici pour chercher une épouse, mais pour une raison différente. Il n'avait pas caché, du moins à Lucas, qu'il voulait une mère pour ses deux filles.

— Quelque chose ne va pas avec le siège que tu occupais avant ? s'enquit Roth avec un léger sourire.

— Connais-tu Howell ? lui demanda Lucas, qui se doutait de la réponse, au vu du rictus de son ami.

— Un peu. Il est inoffensif, annonça Roth en levant son verre de vin et en regardant Lucas par-dessus le bord en plissant les yeux. Cependant, à côté de lui, tu aurais l'air d'un puritain.

Lucas se renfrogna en s'adossant à sa chaise.

— Ma réputation s'est grandement améliorée.

Il vivait comme un moine depuis plus d'un an. Depuis qu'il s'était séparé de sa maîtresse, la première et la dernière qu'il ait jamais prise. Il s'était avéré qu'il avait été bien avisé d'éviter ce genre de liaison compliquée.

— C'est ce qu'il semblerait. Ton père a finalement prononcé un décret ?

— Oui, en effet.

Lucas devait se marier au cours de la saison prochaine, faute de quoi son père choisirait une épouse pour lui. Cependant, ce n'était pas la motivation première de Lucas, et il refusait de la révéler. Sa vie avait… changé. Pour la première fois, il avait vraiment envie de se marier et de fonder une famille.

— J'espère trouver une épouse aussi facilement que toi.

— Trouver une épouse est facile à condition de le vouloir. Trouver la *bonne* épouse est bien plus difficile.

Lucas reporta son regard sur son ami, qu'il avait rencontré quand il n'était encore qu'un tout jeune homme. Roth avait seulement trois ans de plus que lui, mais il avait été une influence déterminante pour Lucas lorsqu'il avait appris à naviguer dans Londres. Après quelques années d'extravagance et d'amusement, le père de Roth était mort et celui-ci s'était marié presque immédiatement. Il avait semblé plutôt heureux, ou du moins pas *mal*heureux. Il n'avait jamais manifesté le moindre contentement.

— Je ne sais pas vraiment ce que tu essaies de me dire, ou si tu tentes de me donner des conseils, lui dit Lucas. Si c'est le cas, je t'en prie, sois clair, car j'ai besoin de tous les conseils que l'on voudra bien me prodiguer.

Roth croisa son regard.

— Ne te précipite pas. Sois le plus sûr possible.

— C'est ce que tu vas faire, cette fois-ci ? demanda Lucas à voix basse.

— En tout cas, j'essaie ! s'exclama-t-il avant de lever son verre, comme pour porter un toast, et Lucas l'imita.

— Que complotez-vous, messieurs ? les interrogea sir Godwin Kemp, assis de l'autre côté de Roth, se penchant pour parler. Seriez-vous en train de revendiquer certaines ladies ?

Roth fronça les sourcils.

— Ce serait un peu sans gêne, non ?

— Et si nous poursuivions tous la même femme de nos assiduités ?

Sir Godwin rit de bon cœur, tandis que Roth et Lucas le

regardaient fixement. Leur hôte, en bout de table, s'éclaircit la gorge avant de se lever.

— J'entends des bribes de vos conversations et dois vous demander de ne pas discuter de nos… projets pour la partie de campagne.

Lord Pritchard, assis à côté de Cosford, deux fois veuf et peut-être l'homme le plus âgé de l'assistance, approchant la quarantaine, prit la parole.

— Vous savez que les dames font la même chose en ce moment même.

— Cela ne veut pas dire que nous devons le faire aussi, insista Cosford, observant tous les hommes autour de la table. Cependant, je suis sûre que lady Cosford serait ravie de connaître vos projets, si vous vouliez les partager avec elle en privé… à moins que vous ne l'ayez déjà fait. Je sais que certains d'entre vous espèrent se remarier, et que leur future épouse soit parmi nous. Rien ne ferait plus plaisir à ma femme que de vous aider à rencontrer la femme de vos rêves.

Il arbora un grand sourire.

Sir Godwin observa les convives, une lueur malicieuse dans le regard.

— Y a-t-il des paris sur une éventuelle demande en mariage à l'issue de cette partie de campagne ?

— Pas de paris, répondit Cosford d'un ton fâché. Lady Cosford s'est montrée catégorique à ce sujet. Nous ne sommes pas chez *White*, et nous ne tenons pas de registre de paris. Profitez de cette semaine et ne faites pas les idiots. Lady Cosford a choisi chacun d'entre vous pour une raison précise, et je serais sincèrement contrarié si l'un d'entre vous la décevait.

— Nous sommes à la hauteur de ses attentes, n'est-ce pas ? déclara Lucas, adressant un regard plein d'espoir à ses compagnons, tout en levant son verre. À Lady Cosford et à sa partie de campagne délicieusement… utile.

— À lady Cosford ! s'exclamèrent plusieurs gentlemen.

Tout le monde porta un toast avec son porto. Cosford se rassit, et la conversation reprit. Roth jeta un coup d'œil furtif de l'autre côté de la table, peut-être à Howell.

— Je ne pense pas que cela empêchera les gens au moins de spéculer sur les autres invités.

— Les gens chuchoteront toujours entre eux, intervint Lucas. Tout comme nous sommes en train de le faire.

Il esquissa un léger sourire.

— C'est vrai, reconnut Roth. Je m'engage à te faire savoir si une femme attire mon attention. Ainsi, tu ne me la voleras pas.

— Crois-tu que je pourrais faire cela ? Tu es un comte, et moi un simple vicomte.

— Tu *seras* un comte. De plus, tu n'as pas de filles qui pèsent dans la balance.

Lucas n'avait pas d'enfants, du moins, pas qu'il pouvait revendiquer. En effet, il avait une fille. Elle était le merveilleux fruit de son arrangement avec sa maîtresse de courte durée, et Lucas avait été choqué de découvrir combien il l'aimait profondément et à quel point il aurait aimé pouvoir l'élever comme sa fille.

Mais jamais il ne l'enlèverait à sa mère, alors il les soutenait du mieux qu'il pouvait, leur offrant une vie confortable à Manchester. Il s'obligea à sourire.

— Pas de filles, juste une réputation d'ancien séducteur.

— Oh ! Cela n'empêchera personne de t'épouser. Tu n'as pas dilapidé ta fortune au jeu ni engendré une ribambelle d'enfants.

Pas une ribambelle, non. Lucas agrippa le pied de son verre et serra la mâchoire.

— C'est vrai.

Peu après, ils se retirèrent pour rejoindre les dames. Le salon était situé à l'arrière de la maison, avec une vue sur le vaste parc. Ce soir-là, cependant, il faisait noir derrière les fenêtres. À l'intérieur, les bougies et la lumière du feu scintillaient, et les rires et les conversations allaient bon train.

Les femmes étaient dispersées dans la pièce, et les meubles avaient été déplacés pour créer un espace de danse. Une femme d'âge moyen, dont Lucas était certain qu'elle n'était pas une invitée, s'installa au piano tandis que lord Cosford escortait sa femme jusqu'à la piste de danse.

— Votre attention, s'il vous plaît ! lança lord Cosford d'une voix forte. Lady Cosford a une annonce à faire.

Celle-ci se plaça à côté de lui et lui sourit avant de s'adresser à l'ensemble de la salle.

— Avant que nous commencions à danser, je voulais vous informer que demain, après le petit déjeuner, nous aurons une démonstration de nos talents. Si vous possédez un talent particulier que vous aimeriez partager, venez me voir ce soir. Je regrette que le temps nous oblige à rester à l'intérieur, mais ce sera très divertissant.

Lucas réprima un gémissement.

— Tu n'as pas de talent ? l'interrogea Roth avec un petit rire.

— Aucun ne me vient à l'esprit. Que diable sommes-nous censés faire ?

— Tu pourrais faire un discours. J'ai entendu dire que tu en avais fait un très bon aux Communes.

Lucas ricana.

— Cela endormirait tout le monde. Je crois que tu as une belle voix quand tu chantes.

— Pour des ballades paillardes chantées de préférence à la taverne, oui ! Je doute que lady Cosford apprécie une telle contribution.

— C'est une partie de campagne grivoise, n'est-ce pas ? s'exclama Lucas en riant, et Roth le bouscula gentiment.

Lucas balaya la salle du regard et aperçut Juliana assise avec quelques autres femmes.

— Pardonne-moi, Roth.

Avant de changer d'avis, il s'avança vers Juliana et afficha son sourire le plus désarmant.

— Madame Sheldon, voudriez-vous danser ?

Une expression balaya ses traits. Lucas se prépara.

— Je sais qu'il est terriblement impoli de refuser, mais je crains d'être une piètre danseuse. Je semble incapable de bouger au rythme de la musique. Croyez-moi, vos pieds apprécieront mon refus.

Le sourire qu'elle lui adressa lui sembla cassant et plutôt hypocrite. Au lieu de s'éloigner, dépité, Lucas persista. Il n'allait pas abandonner si facilement.

— Une promenade, alors.

Juliana hésita, et la femme à côté d'elle sur le canapé, Mme Hatcliff-Lind, la regarda.

— Vous ne pouvez pas refuser cela aussi.

— Sans doute que non, confirma Juliana en se levant. Très bien.

Avant que Lucas puisse lui offrir son bras, elle se dirigea vers la porte.

— Où pourrions-nous aller, puisque l'orage nous empêche de nous promener dans le jardin ?

— Nous pourrions simplement déambuler dans quelques pièces, suggéra-t-il.

Derrière eux, la musique commença.

— Ou bien, nous pourrions aller chercher un verre sur le plateau dans le coin de la pièce, et considérer que c'est suffisant, répliqua Juliana avec un autre sourire factice.

Il baissa la voix en jetant un coup d'œil autour de lui pour s'assurer que personne n'était assez près pour les entendre.

— Je n'abandonnerai pas tant que tu ne m'auras pas pardonné. Je te promets de ne pas essayer de te séduire.

— Bien, parce que ce serait futile.

— Cependant, c'est mon tour, puisque c'est toi qui m'as séduit au *Pack Horse*.

Elle aspira une bouffée d'air, et il aurait pu jurer qu'il y avait une lueur de chaleur dans son regard.

— Je n'ai rien fait de tel. C'était une… séduction mutuelle.

— Tu peux toujours te raconter cela, si cela peut t'aider.

Il se réjouissait de cette situation. Ou plutôt, il se réjouissait de l'étincelle d'émotions diverses dans les yeux de la jeune femme. Elle semblait encore affectée par lui, et il espérait que c'était dans le bon sens, malgré ce qu'elle disait.

— Ce qui *m'aiderait* le plus, ce serait que tu me laisses tranquille. Ai-je besoin de parler à lord et lady Cosford ?

Il la regarda, bouche bée. Peut-être le détestait-elle vraiment ?

— Pour leur dire quoi ?

— Que je ne veux pas être près de toi, et qu'ils doivent faire tout leur possible pour nous garder à distance.

— C'est un peu puéril, n'est-ce pas ?

— Ce qui est puéril, c'est que tu me harcèles alors que je t'ai dit que je ne voulais rien avoir à faire avec toi.

C'était un coup direct.

— Je t'ai vraiment blessée, dit-il d'une voix douce. Je suis affreusement désolé. Je n'aurais pas dû partir comme je l'ai fait. Pas sans t'avoir vue.

Leur aventure avait-elle affecté Juliana plus qu'il ne le croyait ? Lucas en était venu à penser qu'elle l'avait marqué à jamais. Peut-être en était-il de même pour elle. Peut-être même l'avait-elle su avant qu'il parte, et qu'il l'avait privée de la possibilité de le lui dire.

Il voulait se rattraper, mais il devait accepter le fait que ce ne serait peut-être pas possible. Du moins, pas de la manière dont il voulait que les choses soient résolues.

— Si tu veux que je te laisse tranquille, je le ferai.

— C'est ce que je veux.

Elle tourna les talons vers la table où se trouvaient les boissons.

— Si tu changes d'avis, me le feras-tu savoir ?

— Je te laisse le découvrir, répondit-elle, ironique. Profitez de votre soirée, *my lord*.

— J'aimerais que tu m'appelles toujours Lucas, dit-il dans son dos.

Eh bien ! Cela s'était passé plus mal qu'il aurait pu l'imaginer. Que diable allait-il faire pendant la durée de cette maudite partie de campagne ? Ou d'ailleurs, la durée de sa vie ? Revoir Juliana ici après tout ce temps avait réveillé quelque chose en lui. Et il ne voulait pas le laisser mourir.

CHAPITRE 4

*A*près son entrevue frustrante avec Juliana la veille au soir, Lucas s'était retiré dans la salle de billard, où il avait entrepris de boire une quantité déraisonnable de brandy. Il envisagea de ne pas assister à la démonstration de talents, mais décida finalement qu'il ne voulait pas être le seul invité à ne pas être présent.

Cependant, il attendit le dernier moment pour entrer dans la salle de bal. Tout le monde était assis sur des rangées de chaises devant l'estrade, où se tenait déjà lady Cosford. Il restait une place vide dans la dernière rangée, à côté de Roth. Lucas s'empressa de s'y glisser.

— J'ai cru que tu ne viendrais jamais, murmura Roth.

— J'ai capitulé à la dernière minute.

Lucas ne put s'empêcher de chercher Juliana. Elle était assise à côté de la duchesse douairière de Kendal. Lady Cosford présenta le premier artiste. Lord Satterfield allait interpréter un soliloque de *Hamlet*.

— Voilà qui devrait être divertissant, remarqua Roth à voix basse. C'est un excellent orateur au sein des Lords.

Lucas avait déjà entendu le comte parler, et il partageait

cet avis. Et, en effet, la performance de lord Satterfield fut stupéfiante. Il termina sous des applaudissements nourris, ce qui raviva le mal de tête de Lucas.

Lady Cosford remonta sur l'estrade pour annoncer le prochain artiste, et Lucas passa le temps à essayer de ne pas fixer Juliana. Il y eut une chanson, de la jonglerie, une performance au piano, puis leur hôtesse présenta un poème, récité par Mme Juliana Sheldon. Lucas se redressa, le regard rivé sur l'estrade.

Si Juliana était habillée de façon moderne, ses cheveux étaient coiffés à l'ancienne. Un chignon sophistiqué se dressait à l'arrière de sa tête, et des cascades de boucles descendaient autour de son front nu, tombant sur ses oreilles et frôlant ses joues. Cette abondance de cheveux autour de son visage rappela à Lucas la fois où il les avait détachés au *Pack Horse*. Bon sang ! Rien que d'y penser, il avait une érection.

Roth se pencha en avant sur sa chaise.

— Oh ! Voilà qui va être amusant.

— Pourquoi dis-tu cela ? s'enquit Lucas.

— Écoute, lui murmura son ami.

Les yeux de Juliana croisèrent les siens, et il aurait juré y voir briller une lueur d'espièglerie malicieuse.

Elle se mit à parler.

Ma douce et belle Amarante
Ne tresse plus cette chevelure brillante !
Comme ma main ou mon œil curieux
Volent autour de toi, laisse s'envoler tes
     cheveux.

Qu'ils s'envolent librement,
Comme leur calme ravisseur, le vent,
Qui a laissé son amour de côté,

Pour folâtrer dans ce nid épicé.

Doux Jésus ! Elle parlait de *cheveux*. Et elle le regardait juste assez souvent pour qu'il sache que c'était à dessein. Parce qu'il adorait ses cheveux. Elle toucha les boucles près de son visage et plissa les yeux d'une manière attirante.

> Chaque mèche doit être séparée
> Pour être soigneusement coiffée ;
> Comme l'infime trace d'un fil doré,
> Soigneusement démêlé.

> Alors, ne cache pas cette lumière
> Avec des rubans sur ta tête altière ;
> Comme le soleil au lever du jour,
> Tes cheveux m'illuminent, mon amour.

Elle caressa doucement sa joue, puis passa sa main dans son cou, dans un geste provocateur et excitant, du moins pour Lucas. Elle le torturait. *Intentionnellement.* Il était complètement captivé.

> Tu vois, c'est fini ! Dans ce bosquet, au beau
>   milieu,
> La chaumière et les promenades en amoureux,
> Nous nous couchons, fatigués, pour nous
>   reposer,
> Et nous éventons mutuellement nos poitrines
>   essoufflées.

Ses mains se tendirent, ses longs doigts cherchant un amant imaginaire. Il se rendit compte qu'il était presque haletant, tout comme le couple du poème.

> Ici, nous nous déshabillons et apaisons notre
> brasier
> Avec de la crème en bas, et en haut, des bains de
> lait.

Les yeux verts de Juliana se posèrent sur lui avec une intensité brûlante, le défiant de détourner le regard. Il ne pouvait pas. *Bon sang !* Il était dur comme la pierre. Il entendit devant lui quelqu'un inspirer brusquement, et il se rendit compte qu'il n'était pas le seul à réagir ainsi. De manière tout à fait absurde, un sentiment de jalousie s'empara de lui.

> Et quand tous les puits seront asséchés,
> Je boirai à ton œil une larme écoulée,

Asséché. Sa bouche était assurément asséchée. Et il brûlait d'empoigner une autre partie de lui-même jusqu'à ce qu'elle soit aussi aride que le désert. Il pria pour que le poème s'achève bientôt, et pourtant, il souhaitait qu'il ne finisse jamais.

> Nos joies mêmes nous feront pleurer
> Ainsi, nous croirons la tristesse éloignée ;
> Ou bien la douleur nous fera sangloter,
> Sur des joies si vives, et si vite brisées.

Juliana fit une révérence, son regard s'attardant brièvement sur Lucas avec une expression de joie triomphante. Elle avait choisi ce poème à dessein, à cause de ses cheveux et de l'insistance de l'homme pour qu'ils s'accouplent sans tarder. Sauf que leur aventure avait été réciproque. En réalité, elle en avait même été l'instigatrice. Certes, il avait participé de bonne grâce et avec espoir.

Le silence s'était emparé de la salle de bal. Non, ce n'était pas tout à fait le silence. Lucas imaginait entendre des respirations lourdes et des cœurs qui s'emballaient, mais comment aurait-il pu entendre quoi que ce soit par-dessus le battement enragé de son propre pouls ?

Les applaudissements fusèrent enfin. Howell se leva.

— Merveilleux ! Tout simplement merveilleux !

Lucas serra les dents. Il mourait d'envie d'informer Howell que le poème ne lui était pas destiné. Un rapide coup d'œil sur les rangées de chaises sembla démontrer que cet homme n'était pas le seul à être envoûté par la récitation de Juliana.

— C'était brillant, affirma Roth. Je ne vois pas de meilleur poème à réciter lors d'une telle fête, et toi ?

Lucas n'avait pas lu beaucoup de poésie.

— Je ne connais aucun poème.

Mais celui-ci l'avait sans doute ruiné pour tous les autres poèmes. Lucas se rendit compte que Roth le fixait.

— Elle t'a captivé, remarqua son ami, l'air étonné.

— Elle a captivé tout le monde. Même les dames ont l'air essoufflées.

— C'est un texte excitant, affirma Roth, arborant un sourire béat. Je pense que Mme Sheldon aura plusieurs prétendants après cela.

Lucas se renfrogna, et Roth poursuivit.

— Tu n'es pas d'accord ? Elle est magnifique, elle semble intelligente, et il y a quelque chose en elle, je crois, affirma-t-il, puis il tourna le regard vers l'estrade, où lady Cosford avait rejoint Juliana. Elle a une certaine assurance et cela est très séduisant.

— Es-tu l'un de ces prétendants ? s'enquit Lucas, l'air quelque peu contrarié.

Il n'avait aucune envie de rivaliser avec l'un de ses amis les plus proches. Surtout que cet ami avait davantage envie d'une épouse, ou besoin d'en trouver une, que Lucas. Mais, bon sang ! Juliana était à lui. Ou, tout du moins, elle l'avait été.

Non, vous avez partagé une nuit merveilleuse. Elle n'est pas plus à toi que tu ne lui appartiens.

— Il est un peu tôt pour s'attacher à une personne, je pense, affirma Roth, lui jetant un coup d'œil rapide. Pour moi, en tout cas. Je vais devoir faire preuve de prudence quand je me marierai.

Parce qu'il recherchait une mère pour ses enfants plus qu'il ne cherchait une épouse. Lucas lui avait dit qu'il devait trouver une femme qui serait les deux à la fois, qu'une compagne dans la vie parentale était aussi importante qu'une compagne dans le mariage.

C'était une chose à laquelle Lucas tenait. Il avait l'intention d'être un bon parent.

— Cependant, il semblerait que tu aimerais être au premier rang pour les attentions de Mme Sheldon, constata-t-il.

Lucas envisagea de raconter à Roth le lien qui l'unissait à Juliana, mais il n'en fit rien, car l'artiste suivant montait sur l'estrade. Il regarda Juliana s'asseoir, et il remarqua qu'il n'était pas le seul à suivre ses moindres mouvements.

Il n'aurait aucun espoir de la conquérir maintenant, alors que, de toute évidence, elle le détestait, et qu'elle allait devoir repousser des avances de toutes parts. Cette performance avait été sacrément excitante. Et même si elle lui avait été destinée, l'intention de Juliana n'était pas de satisfaire son excitation. C'était un supplice, pur et simple.

Il devait aller de l'avant. Et ce serait diablement difficile, car il voulait Juliana plus que jamais.

∾

*J*uliana était parfaitement consciente que sa récitation avait été jugée provocante par tout le monde. Au moment de terminer, elle s'était sentie presque à bout de souffle. Mais c'était dû au fait qu'elle avait manifestement affecté une personne : le Vicomte en fuite.

Elle avait atteint son but, et c'était tout ce qui comptait. Si elle se retrouvait à présent assaillie par presque tous les invités masculins, c'était entièrement sa faute.

Coulant un regard vers Lucas, elle l'aperçut debout avec le comte de Rotherham. Lucas jeta un coup d'œil vers elle, et se renfrogna. Il n'appréciait pas qu'elle attire autant l'attention ? Elle savait exactement comment le narguer ensuite.

— Madame Sheldon, votre récitation était tout à fait édifiante, affirma M. Howell en s'approchant d'elle.

— Merci, répondit-elle en battant des cils. Je suis ravie que vous ayez apprécié.

Un autre gentleman, M. Emerson, inclina la tête vers elle.

— Une performance spectaculaire. Ma préférée, ce qui ne veut pas dire que les autres n'étaient pas brillantes aussi.

— J'apprécie vos éloges, monsieur Emerson, dit-elle chaleureusement.

Depuis l'estrade, lady Cosford annonça qu'il y aurait des jeux de cartes dans le salon, ou une visite de l'orangerie, ce qui impliquait une course rapide sous une averse potentielle, car il avait plu de façon intermittente toute la journée, pour atteindre le bâtiment extérieur.

— Voudriez-vous m'accompagner pour visiter l'orangerie ? demanda-t-elle à M. Emerson, remarquant Lucas près de la porte.

Ils devraient passer devant lui.

Une brève lueur de surprise brilla dans les yeux d'Emerson, mais elle fut rapidement remplacée par de l'impatience.

— Avec plaisir, répondit-il, puis il offrit son bras à Juliana.

De taille moyenne, avec des épaules larges, Emerson avait à peu près le même âge que Juliana. Ses cheveux auburn étaient coupés à la dernière mode, et une lueur d'intelligence et de chaleur brillait dans ses yeux bruns. Juliana le préférait à Howell, plus agressif dans son comportement.

Elle posa la main sur sa manche, et ils se dirigèrent vers la porte. Lorsqu'ils passèrent devant Lucas, elle ne tourna pas la tête. Toutefois, elle lui jeta un regard en coin. Il était renfrogné.

Emerson l'escorta hors de la salle de bal.

— Pourquoi un tel poème ?

Elle ne pouvait pas vraiment lui dire la vérité, qu'elle avait pensé qu'il provoquerait Lucas.

— Il me semblait approprié pour cette soirée.

Il ricana.

— Effectivement. Je vois que vous avez pensé votre coiffure pour attirer l'attention sur vos cheveux.

Se touchant l'arrière de la tête, elle acquiesça, heureuse qu'il l'ait remarqué.

— C'est vrai.

— C'était une performance brillante, lui dit-il en souriant, ouvrant la porte sur le chemin menant à l'orangerie. Nous devrions nous dépêcher.

Ils se précipitèrent vers l'orangerie et y pénétrèrent rapidement ; d'autres invités s'y trouvaient déjà. Lord Cosford fit son apparition.

— Vous êtes ici pour la visite. L'orangerie n'étant pas très grande, je crains que nous ne puissions pas vraiment en faire le tour. Vous êtes libres de vous promener parmi les plantes que nous avons rentrées pour l'hiver. Les orangers sont à l'autre bout.

— Devrions-nous aller voir du côté des orangers ? suggéra Emerson.

— Certainement, murmura Juliana, jetant un regard vers la porte pour voir si Lucas l'avait suivie.

Le voulait-elle ? Pour quelqu'un qui affirmait ne pas vouloir avoir affaire à lui, elle lui accordait beaucoup d'attention. Quelle dose de torture serait suffisante ? Elle n'en était pas sûre, mais elle était persuadée qu'elle le saurait lorsqu'elle atteindrait ce stade.

Peut-être avait-elle besoin d'être distraite par un autre gentleman. Pour se désintéresser *vraiment* de Lucas.

Alors qu'ils se dirigeaient vers les orangers, Juliana entendit un rire rauque derrière eux. Tournant la tête, elle constata que Lucas était arrivé. Et il n'était pas seul. La très séduisante Mme Wynne-Hargest était à son bras. La Galloise possédait des courbes généreuses et un visage séduisant, qui attiraient les hommes dans son orbite sans trop d'efforts. Elle était également charmante et pleine d'esprit. Juliana l'avait appréciée dès leur rencontre. En fait, elle appréciait toutes les femmes présentes.

Pourtant, la voir s'accrocher au bras de Lucas et le regarder avec un sourire enjôleur donnait à Juliana l'envie de la pousser sur le côté et de prendre sa place. *Non !* Ce n'était pas ce qu'elle voulait. Elle voulait simplement accaparer son attention pour pouvoir le rendre malheureux.

— Savez-vous combien il y a d'orangers ? demanda Juliana assez fort pour que Lucas l'entende.

Sans doute voulait-elle qu'il la suive.

— Non. Nous devrions le découvrir bientôt, répondit Emerson alors qu'ils marchaient au milieu de la végétation.

Ils arrivèrent bientôt à l'autre bout de l'orangerie et eurent leur réponse.

— On dirait qu'il y en a six.

— Y a-t-il des oranges ? demanda Mme Wynne-Hargest à Lucas alors qu'ils arrivaient derrière eux.

Elle entraîna Lucas vers l'un des arbres.

— J'en vois une.

— Et si nous la cueillions ? lui demanda son compagnon, le ton léger et taquin.

— C'est nous qui devrions la prendre, dit Juliana à Emerson, s'accrochant plus fermement à son bras tandis que Lucas regardait dans leur direction.

— Je peux la cueillir pour vous, si vous le souhaitez, proposa Emerson avant d'ajouter plus bas, je n'aime pas les oranges, en fait. Elles me font grimacer.

Il fit une démonstration, et Juliana réagit par un rire sincère.

— Ce n'est pas très indiqué lorsque vous assistez à une partie de campagne où vous aimeriez, comment dire… vous montrer sous votre meilleur jour, affirma-t-elle.

Emerson sourit.

— C'est exactement ce que je pense.

— Je crois que nous devrions la laisser, déclara Mme Wynne-Hargest. Nous sommes ici pour une visite, pas pour une cueillette. Peut-être lady Cosford a-t-elle des projets pour ses oranges. En tout cas, j'ai très envie d'aller jouer aux cartes. Quelqu'un d'autre ?

Emerson inclina la tête.

— Moi aussi.

— Alors, retournons à la maison, proposa Lucas en tournant les talons avec Mme Wynne-Hargest.

Il adressa un regard arrogant à Juliana, qui faillit lever les yeux au ciel.

— Je demanderai à lady Cosford de veiller à ce que nous soyons assis ensemble au dîner, dit Juliana à Emerson, tandis qu'ils suivaient Lucas et Mme Wynne-Hargest vers la porte.

— Cela me plairait beaucoup.

— Je ferai de même, dit Lucas à Mme Wynne-Hargest. Je me réjouis de faire plus ample connaissance.

En sortant de l'orangerie, ils constatèrent que la pluie

avait cessé ; il n'était donc pas nécessaire de se précipiter vers la maison. Juliana contempla le parc avec nostalgie.

— J'espère que nous pourrons bientôt monter à cheval.

Ses promenades quotidiennes avec Clio lui manquaient.

— Vous aimez monter à cheval ? s'enquit Emerson.

— Oui.

Lucas tint la porte ouverte pour Juliana et Emerson, qui le remercia. Ils continuèrent jusqu'au salon, mais la jeune femme s'arrêta avant qu'ils entrent. Retirant sa main du bras d'Emerson, elle déclara :

— C'est ici que je vous laisse. Je ne suis pas vraiment d'humeur à jouer aux cartes. J'entends la bibliothèque m'appeler.

Emerson fronça les sourcils : manifestement, il était déçu.

— C'est dommage. À plus tard, donc.

Il lui prit la main et y déposa un baiser.

— Je suis vraiment impatiente, lui dit Juliana.

Elle tourna les talons et se dirigea vers la bibliothèque sans écouter ce que Mme Wynne-Hargest et Lucas se disaient l'un à l'autre.

Une fois dans la bibliothèque, Juliana secoua ses épaules et laissa échapper une longue expiration. Peut-être se comportait-elle mal. Continuer à tourmenter Lucas était inutile. Cependant, cela lui apportait une immense satisfaction.

— Ton poème était des plus émoustillants.

Juliana sursauta, manquant de faire tomber le livre qu'elle venait de prendre sur l'étagère. Tournant sur elle-même, elle serra l'ouvrage contre sa poitrine.

— Tu m'as suivie. Une fois de plus.

Lucas arqua un sourcil fauve.

— Je voulais prendre un livre.

— Et tu as été pris d'une envie irrésistible de visiter l'orangerie ?

Il haussa les épaules.

— Mme Wynne-Hargest avait besoin d'un compagnon.

— Je suis surprise que tu ne lui tiennes pas compagnie aux cartes.

Lucas s'approcha d'elle à pas lents.

— Je suis surpris que tu ne sois pas accrochée à Emerson après l'avoir traîné dans l'orangerie.

— Je ne l'ai pas traîné. Il était tout à fait disposé à venir.

— Bien sûr que oui. Tu as captivé tout le monde avec ta récitation provocante lors de la présentation des talents. Je doute que quiconque ait décliné ton invitation. Je ne l'aurais pas fait.

— Tu n'aurais pas été invité.

— Est-ce bien vrai ? lui demanda-t-il, luttant pour ne pas sourire. J'étais certain que ton poème s'adressait directement à moi.

— Ce n'était pas le cas.

Lucas vint se placer à côté d'elle et appuya son épaule contre la bibliothèque.

— Menteuse. Tu as récité un poème suggestif sur les *cheveux*. Regarde-moi dans les yeux et dis-moi que tu ne pensais pas à notre nuit au *Pack Horse*.

Juliana se rapprocha légèrement de lui et capta son regard.

— Je ne pensais *pas* au *Pack Horse*. Ni à *toi*.

Mensonges, mensonges, mensonges. C'était une menteuse. Et Lucas le savait. Il l'étudia un instant, l'air affamé.

— Ta coiffure est superbe. Tes cheveux sont défaits, mais attachés quand même. C'est absolument enivrant. Combien de temps comptes-tu me torturer exactement ?

À cet instant, Juliana se demanda si elle n'était pas en train de se torturer elle aussi. Si elle n'avait pas déjà pensé à leur aventure lorsqu'elle avait récité le poème, et c'était assurément le cas, elle y penserait maintenant. Son esprit était envahi par le souvenir de ses baisers, de ses caresses, de chacune de ses respirations alors qu'il vénérait son corps.

Puis il l'avait quitté sans un mot.

— Je n'ai pas encore décidé, lui dit-elle, relevant le menton. Tu mérites un grand tourment.

Il posa la main sur l'étagère derrière elle, rapprochant son corps du sien de manière à ce qu'ils se touchent presque. Elle se colla contre les livres, même si tout son corps brûlait d'envie de se laisser aller contre lui.

— C'est vrai, répondit-il d'une voix douce, ses lèvres proches de son oreille. Je t'en prie, continue. Je commence à aimer ça.

Prenant un livre sur l'étagère, il s'éloigna d'elle, la laissant sur le point de haleter de désir. Au moins intérieurement. Elle s'efforça de garder le corps raide et les traits impassibles.

Le regard de Lucas se fixa sur celui de Juliana, et le sourire satisfait qui se dessina sur ses lèvres lui indiqua qu'elle n'avait pas tout à fait réussi.

— Nous nous verrons au dîner, lui dit-il.

Il sortit de la bibliothèque en sifflant un air joyeux. En sifflant !

Juliana serra les dents. Comment osait-il s'amuser de ses provocations ?

Elle le verrait au dîner, et elle se montrerait impitoyable.

CHAPITRE 5

*a*lors qu'il descendait les escaliers pour aller dîner, Lucas essaya d'oublier qu'il avait été à deux doigts d'embrasser Juliana dans la bibliothèque et qu'il soupçonnait qu'elle aurait voulu qu'il le fasse. Son ancienne version séductrice l'aurait fait sans hésiter. Mais il lui faisait goûter à sa propre punition, et, à en juger par la chaleur dans le regard de Juliana, il avait réussi.

Il sourit en se dirigeant vers la salle à manger. Lady Cosford l'intercepta.

— Lord Audlington, vous avez l'air satisfait. J'espère que cela signifie que vous passez un bon moment.

— C'est le cas, merci. Vous avez réuni un groupe d'invités charmants et vos divertissements sont sans pareils.

Elle se rengorgea un peu.

— Merci. La journée de demain promet d'être *très* divertissante. Vous ne voudrez rien en rater.

— À quoi devons-nous nous attendre ?

Secouant la tête, elle pinça brièvement les lèvres.

— Je ne vais pas dévoiler mes secrets tout de suite. Vous devrez patienter. En attendant, je vous ai placé à côté de

Mme Wynne-Hargest, comme vous me l'avez demandé. Je vous ai également assis près de Mme Dunthorpe, qui, je crois, est intéressée par le mariage. Comme je sais que c'est aussi votre objectif, j'ai pensé que vous aimeriez faire connaissance.

Lucas éprouva une vague de déception qu'il repoussa rapidement.

— Elle vous a dit que c'était son intention ?

— Non. Aucune des dames ne m'a confié son désir de se marier. Comme elles sont toutes veuves, c'est normal. Cependant, Mme Dunthorpe est très attachante et attentionnée. Elle sait écouter et j'ose dire qu'elle ferait une excellente épouse.

— C'est bon à savoir, dit-il avec un sourire bienveillant.

Lady Cosford baissa la voix et se rapprocha.

— Je suis convaincue qu'il y a au moins quelques femmes ici qui envisageraient un remariage dans les bonnes circonstances. Et vous, avec votre titre de courtoisie et votre futur comté, vous êtes bien placé pour une telle rencontre, lui dit-elle avec un clin d'œil.

Cela semblait si vénal, et pourtant, il savait que c'était ainsi que les mariages fonctionnaient souvent. Ceux qui avaient le plus à offrir étaient souvent ceux qui connaissaient le plus grand succès. Il avait été la cible de nombreuses mères entremetteuses, en particulier dans sa jeunesse, avant que sa réputation de séducteur ne prenne racine.

— J'apprécie votre soutien, lady Cosford. Cependant, je ne suis pas certain de trouver ma future vicomtesse ici. Je n'en ai pas besoin non plus. J'ai une saison entière pour trouver la partenaire idéale.

Il donnait le sentiment que c'était très simple, comme s'il n'était pas un homme de trente-trois ans qui avait déjà gâché beaucoup d'années.

Une expression de détresse apparut sur les traits de son hôtesse.

— J'espère que vous ne dites pas cela parce que vous trouvez que tout le monde laisse à désirer.

— Absolument pas ! Si je rencontre ma femme ici, je vous serai infiniment reconnaissant, à vous et à vos activités d'entremetteuse.

Elle rit.

— Vous voyez clair en moi. Oh, vous savez, j'aime voir les gens heureux. J'espère que vous apprécieriez vos compagnes de table.

Elle lui adressa un sourire en guise d'adieu et se dirigea vers le salon, où tout le monde se réunissait avant le dîner. Il avait espéré une nouvelle joute verbale avec Juliana, mais elle discutait avec M. Dryden à l'autre bout de la pièce.

— Bonsoir, my lord.

Lucas se retourna et vit Mme Wynne-Hargest. Les yeux sombres de la veuve brillèrent tandis qu'elle l'examinait lentement. Ce n'était pas une invitation flagrante, mais pas loin.

Lorsque le majordome annonça le dîner, Lucas proposa son bras à Mme Wynne-Hargest. Elle enroula sa main autour de son bras et son sein frôla le coude de Lucas. Il se demanda soudain s'il ne s'était pas trop précipité en demandant à être assis à côté d'elle.

Lucas tint la chaise de Mme Wynne-Hargest, puis il se retourna et vit sir Godwin aider Mme Dunthorpe à s'asseoir. Il salua cette dernière avant de prendre place à son tour.

Mme Dunthorpe était plus jeune que lui, peut-être même plus jeune que Juliana. Avec ses cheveux auburn relevés en une coiffure élégante et soignée et ses yeux couleur chocolat, elle affichait une assurance qui lui faisait penser à Juliana.

Qui était assise juste en face de lui.

Comme lui, elle était entourée de membres du sexe

opposé. Emerson et Howell étaient assis de chaque côté d'elle. Ils semblaient tous deux ravis d'être là. Howell admirait sa poitrine, tandis qu'Emerson se penchait vers elle pour lui dire quelque chose que Lucas n'entendit pas. Juliana rit doucement, et Lucas comprit que le repas allait être interminable.

Bon sang! Il mourait d'envie d'être assis à côté d'elle, de se pencher près d'elle, et il voulait faire plus que simplement regarder ses seins. Il les avait caressés, embrassés, suçotés jusqu'à ce qu'elle gémisse son nom.

Lucas prit son verre de vin et en but une très longue gorgée.

Alors que le premier plat était servi, Mme Wynne-Hargest se pencha vers lui.

— Lady Cosford dit que nous allons jouer une version spéciale de colin-maillard demain.

Ce devait être le secret auquel leur hôtesse avait fait allusion. Mais comment Mme Wynne-Hargest était-elle au courant? Sans doute parce que les femmes partageaient des choses. N'est-ce pas?

Il sourit à Mme Wynne-Hargest.

— De quoi d'autre parlez-vous entre femmes lorsque nous ne sommes pas là?

Elle agita sa cuillère à soupe.

— De vous, les hommes, bien entendu. Ne me dites pas que vous ne faites pas la même chose. Combien de paris ont été placés sur le succès de cette partie de campagne?

— Honnêtement, je ne sais pas. Je n'en ai fait aucun.

— Mais il y en a eu?

— Je ne saurais le dire. Mais lord Cosford a été très clair sur le sujet : nous ne sommes pas autorisés à le faire. Vous pariez, mesdames?

— Certainement pas! s'exclama-t-elle, se rapprochant une fois de plus. Juste un peu, mais ce n'est pas moi qui vous l'ai dit, et n'en informez pas lady Cosford. Elle nous a aussi demandé de ne pas le faire.

— Elle ne l'apprendra pas de moi, la rassura-t-il.

Lucas jeta ensuite un coup d'œil à Juliana. Elle faisait de son mieux pour discuter avec les deux hommes qui se trouvaient de chaque côté d'elle.

— Je ne dirai rien à personne, surtout si vous pouvez me répéter ce qui se dit de moi.

Il voulait notamment savoir ce que disait Juliana, mais il n'irait pas aussi loin dans sa requête.

— Seriez-vous en train de m'extorquer des informations ? s'enquit-elle, laissant échapper un petit rire guttural.

— Jamais, répondit-il, affable. Mais peut-être pourrions-nous échanger des renseignements. Je peux vous dire que vous êtes considérée comme belle et séduisante.

— Vous parlez comme le séducteur que vous êtes.

— Le séducteur que *j'étais*. Je me suis amendé.

Il but une gorgée de sa soupe. Mme Wynne-Hargest fit la moue.

— Comme c'est ennuyeux. Nous n'avons pas réussi à déterminer si vous étiez à la recherche d'une épouse ou si vous aviez l'intention de continuer à vous livrer à vos mœurs débauchées. Il semblerait que la première hypothèse soit vraie, et j'espérais la seconde.

Apparemment, Juliana n'avait pas soufflé un mot à son sujet. Ou, si elle l'avait fait, Mme Wynne-Hargest n'avait rien entendu.

— Allons, débauchées est un terme excessif, ne croyez-vous pas ?

Il but encore un peu de vin et essaya d'écouter ce qui se disait de l'autre côté de la table.

— Je l'aurais qualifiée d'excitante, déclara Howell, suffisamment fort pour que Lucas puisse l'entendre.

Juliana rit doucement, mais reporta ensuite son attention

sur Emerson. Elle coula également un regard vers Lucas, vit qu'il l'observait et détourna aussitôt les yeux.

Il passa le reste du plat à parler avec Mme Dunthorpe et à regarder Juliana autant qu'il l'osait.

Pendant le plat suivant, Lucas remarqua que Howell se rapprochait de plus en plus d'elle. Elle conversait de moins en moins avec lui, jusqu'à ce qu'elle semble enfin craquer. Tournant brusquement la tête vers Howell, elle lui dit quelque chose d'un ton urgent. Lucas reconnut cette expression, en particulier les lignes entre ses sourcils, parce qu'elle la lui montrait au cours de cette partie de campagne : cet homme l'exaspérait.

Lucas s'accrocha à son verre de vin pour s'empêcher de bondir et d'attraper Howell. S'il l'insultait d'une manière ou d'une autre, il devrait en répondre devant lui.

Oh, bon sang! Lucas n'était pas son protecteur. Il n'était pas non plus son prétendant. Et il n'était certainement pas son fiancé ou son mari.

Howell pâlit de quelques tons et murmura quelque chose. Juliana reporta toute son attention, y compris un sourire éblouissant en totale contradiction avec son expression précédente, sur Emerson, le chanceux.

Enfin, le dessert fut servi, et Lucas eut l'impression d'arriver à la fin d'une longue et difficile course. De chevaucher une chèvre. À flanc de montagne. Dans une tempête de neige.

Howell recommença à parler à Juliana, mais d'une voix plus calme et plus déférente. Quoi qu'elle lui ait dit, cela avait été efficace.

— J'espère que vous me réserverez une danse plus tard, dit Mme Wynne-Hargest, attirant l'attention de Lucas.

— Bien sûr, répondit-il sans réfléchir.

Il n'avait pas particulièrement envie de danser. Il voulait emmener Howell à l'extérieur et lui planter son poing dans la figure.

Le repas se termina, et les femmes se retirèrent dans le salon. Lucas décida de ne pas rester. Se levant, il faillit heurter Roth, qui venait apparemment de l'autre bout de la table, où il était assis pendant le repas.

— Je pensais me joindre à toi, lui dit-il. Tu ne restes pas ?

— Je ne veux pas de porto.

Il voulait quelque chose de plus fort. Il devait bien y avoir du whisky quelque part.

— Je suis sûr que Cosford te fera apporter ce que tu veux.

Ce n'était pas simplement à cause de cette satanée liqueur.

— Je ne veux pas rester.

— Tu sembles agité. S'est-il passé quelque chose ?

Seulement qu'il s'était comporté comme un imbécile et qu'il avait laissé quelque chose de merveilleux lui glisser entre les doigts.

— À plus tard.

Lucas s'en alla, provoquant sans doute quelques remous parmi les gentlemen. Une fois sorti de la salle à manger, il s'arrêta ; il n'était pas sûr de la direction à prendre. Son regard dériva en direction du salon. Là où Juliana devait se trouver.

Hélas, il ne devait pas y avoir de whisky là-bas. De plus, il provoquerait une certaine agitation, car les femmes attendaient probablement, et appréciaient, de passer du temps sans avoir à supporter les hommes. Il tourna les talons et entra dans la bibliothèque, presque certain d'y avoir vu un placard à alcools, ou au moins un plateau.

La pièce était immense avec des étagères qui débordaient d'une étonnante collection de livres. Il y avait plusieurs espaces pour s'asseoir dans la pièce, y compris quelques alcôves nichées entre les étagères. Lucas pensait avoir vu l'alcool en face de la grande cheminée.

Avant d'atteindre sa destination, il s'arrêta net, car il

n'était pas seul. Un éclat de vert dans le coin le plus éloigné attira son attention. Une seule femme portait cette couleur ce soir-là.

Ses pieds le portèrent vers Juliana, qui perçut enfin sa présence, se détournant de l'étagère. Ses yeux verts, rendus encore plus frappants par la couleur de sa robe, se posèrent sur lui, lui coupant le souffle.

— Tu m'as encore suivie dans la bibliothèque.

— En fait, non. J'essayais simplement d'échapper à la salle à manger, et je suis venu ici en quête d'un whisky. Je me suis rappelé qu'il y avait un assortiment de spiritueux.

Elle inclina la tête vers l'autre côté de la pièce.

— C'est par là.

Il jeta un regard à l'endroit qu'elle avait indiqué.

— Effectivement.

— Pourquoi voulais-tu échapper à la salle à manger ?

— C'était ça ou assommer Howell. J'ai décidé que c'était l'option la plus sûre.

Elle plissa légèrement les yeux.

— Pourquoi ferais-tu une chose pareille ?

— Manifestement, il t'importunait.

— C'est vrai, mais je me suis occupée de lui, affirma-t-elle, plutôt fière d'elle.

Lucas ne put réfréner un sourire.

— Je meurs d'envie de savoir ce que tu lui as dit.

— Il ne cessait de coller sa cuisse contre la mienne, et il a eu le culot de poser sa main sur mon genou. Je l'ai informé que s'il n'arrêtait pas, je me servirais de ma fourchette pour lui transpercer le dos de la main, la jambe et peut-être d'autres parties plus… intimes de son corps. Il ne m'a plus touchée.

Lucas éclata de rire, et il faillit la prendre dans ses bras et l'embrasser pour fêter cela. Il dut se rappeler qu'ils n'avaient pas ce genre de relation, quand bien même il le souhaitait ardemment. Le souhaitait-il ?

Oh, que oui ! Il la voulait de toutes les façons possibles. Il voulait juste être *avec* elle. Même lorsqu'elle le tourmentait, il se sentait plus vivant qu'il ne l'avait été depuis des lustres. Depuis la dernière fois qu'il l'avait vue, en réalité. Quand il avait tout gâché.

Mais comment aurait-il pu savoir qu'il avait rencontré la femme qui le prendrait au piège, corps et esprit ? Peut-être même son âme aussi. Il ne s'en était pas rendu compte jusqu'à ce moment précis. Le destin était intervenu et les avait à nouveau réunis. Il en était certain.

Il reprit ses esprits, la regardant attentivement, sans doute avec une faim évidente.

— Tu es extraordinaire. Je suis impressionné par ta force et ton assurance.

Elle haussa un sourcil.

— Parce que j'ai menacé de le mutiler ?

— Parce que tu es compétente, pleine d'esprit et férocement passionnée, que ce soit pour menacer un libertin trop zélé ou pour torturer à juste titre un goujat discourtois.

— Je t'ai donné un surnom, et ce n'est pas celui-ci. Tu es le *Vicomte en fuite.*

Elle se dirigea vers le placard à alcools, et il la suivit. Non pas parce qu'il voulait un whisky, mais parce qu'il serait allé partout où elle l'aurait conduit.

— C'est plutôt banal, au vu de ce que tu ressens à mon égard, constata-t-il.

Elle examina les bouteilles qui se trouvaient sur le plateau au-dessus du placard.

— C'est tout à fait approprié. Que crois-tu que je ressente à ton égard ? s'enquit-elle, puis elle se retourna, le regardant froidement. Je ne crois pas qu'il y ait du whisky.

Lucas avait du mal à se concentrer sur autre chose qu'elle.

Elle était si diablement séduisante ! Avait-elle seulement conscience du désir qu'il éprouvait pour elle, surtout lorsqu'elle le regardait comme si elle voulait l'éviscérer ?

Il l'avait qualifiée de passionnée, et il était bien placé pour savoir à quel point elle l'était. Il voulait que toute cette passion soit concentrée sur lui. S'obligeant à examiner les bouteilles, il prit une décision rapide et en leva une.

— Du rhum, alors.

Il versa un verre et le lui tendit, puis s'en servit un. Après avoir bu une généreuse gorgée, il s'enhardit à demander :

— As-tu une liaison avec Emerson ?

— Cela ne te regarde pas.

Elle porta son verre à ses lèvres et en but une petite gorgée. Son visage se plissa en réaction.

— Tu n'avais jamais bu de rhum ?

— Non. Mais j'aime essayer de nouvelles choses, comme cette partie de campagne. Je n'avais jamais participé à ce genre de choses. Je n'avais jamais non plus puni un gentleman pour son mauvais comportement, et j'avoue que cela m'a beaucoup amusé.

— Tu t'es largement fait comprendre, mais, comme je l'ai dit, je me réjouis de tes attentions. En fait, je les accepterai toutes, quelles qu'elles soient, affirma-t-il en buvant une autre gorgée. Si tu n'es pas engagé avec un autre gentleman, puis-je me proposer ?

Quoi qu'il arrive, il aurait au moins essayé. Il ne pouvait pas laisser passer cette occasion. Les yeux de Juliana s'arrondirent légèrement.

— Tu me fais une proposition après m'avoir abandonnée au *Pack Horse* il y a presque deux ans ?

— C'est un peu exagéré de ma part, n'est-ce pas ? J'ai commis une erreur. Je n'aurais pas dû te quitter ainsi, dit-il en s'avançant, réduisant l'écart entre eux. Je commence à penser que je n'aurais jamais dû te quitter du tout.

— C'est absurde.

— Je ne crois pas. Je n'ai jamais cessé de penser à toi, de me poser des questions sur toi. Si nous ne nous étions pas retrouvés à cette partie de campagne, je serais peut-être venu te trouver à Skipton.

— Je n'arrive pas à croire que c'est vrai.

— Pourquoi pas ?

— Parce que tu es un vicomte en quête d'une épouse. Ne doit-elle pas être d'une certaine origine ? Je suis la fille d'un libraire qui s'est mariée au-dessus de son rang. Le fait que je sois aujourd'hui l'invitée de lord et lady Cosford est une véritable absurdité.

Lucas fronça les sourcils.

— Absolument pas. Tu as parfaitement le droit d'être ici. N'es-tu pas amie avec lady Cosford ?

— Nous ne sommes pas amies proches.

— Je ne crois pas que cela ait de l'importance. Elle t'a invitée, et tu t'es révélée très populaire.

— Parce que j'ai récité un poème provocateur.

— Peut-être, mais je vois toujours des gens autour de toi. Tu es intéressante et intelligente. Tu ne me convaincras pas que les gens ne t'aiment pas *pour toi*. C'est mon cas.

Elle plissa les yeux, mais ils étaient animés d'une lueur d'espièglerie.

— Tu essaies simplement de m'amadouer pour m'attirer dans ton lit.

Il sourit effrontément.

— Cela fonctionne-t-il ?

En réponse, elle but une gorgée de rhum, soutenant son regard.

— Ce n'est pas un non, murmura-t-il, gagné par l'impatience. Que tu me croies ou non, tu es spéciale pour moi. Nous pourrions passer le reste de cette partie de campagne comme nous l'avons fait au *Pack Horse*. Dis-moi que cela ne t'intéresse pas. Ou bien, que cela ne t'excite pas.

Elle déglutit, et il aurait juré voir son cœur battre dans sa gorge. Il rêvait de lécher sa chair à cet endroit précis, d'attiser le désir qu'il espérait qu'elle ressentait encore pour lui.

— Les voilà ! s'exclama Mme Wynne-Hargest.

Lucas s'écarta de Juliana, qui prit une plus grande gorgée de rhum. Elle évita également son regard. Mme Wynne-Hargest entra dans la bibliothèque avec lady Clinton. Cette dernière prit la parole.

— Nous sommes venues vous trouver pour vous dire que la danse est sur le point de commencer.

Mme Wynne-Hargest se dirigea vers Lucas.

— Vous m'avez promis une danse.

Il jeta un regard à Juliana, qui haussa les sourcils, mais ne dit rien.

— Mme Sheldon et moi étions en train de goûter le rhum.

— Comment est-il ?

Mme Wynne-Hargest prit le verre de Lucas entre ses doigts et but une gorgée. Elle toussa aussitôt.

— Mon Dieu ! C'est fort ! s'exclama-t-elle en grimaçant. Je m'en tiendrai au vin, merci.

Elle reposa le verre sur le placard. Puis elle se tourna vers Lucas et enroula sa main autour de son coude.

— Allons danser.

— Vous venez, madame Sheldon ? s'enquit Lucas, tout en étant certain de connaître la réponse.

Juliana pinça les lèvres comme si elle essayait de ne pas rire.

— Je ne crois pas. Amusez-vous bien, conclut-elle, levant son verre en un toast silencieux.

Déçu, mais pas vaincu, Lucas quitta la bibliothèque avec les autres femmes. Il espérait avoir fait des progrès avec Juliana. Plus il pensait à elle, plus il se rendait compte à quel point elle était *spéciale*. Après plus de dix ans passés sans aucune envie de convoler, il commençait à imaginer à quoi pourrait ressembler le mariage.

Avec elle.

Peut-être devrait-il lui dire cela, plutôt que de lui suggérer une autre liaison. D'autant plus qu'elle n'avait pas sorti ses griffes, cette fois-ci. Et, surtout, parce qu'elle n'avait pas dit non.

CHAPITRE 6

*A*près avoir fait une promenade à cheval au petit matin, Juliana se sentait *merveilleusement bien.* Ce qui était un exploit, car elle n'avait pas très bien dormi. À cause de ce maudit Lucas et de son charme séducteur infernal. Il l'avait presque attirée dans ses bras la veille dans la bibliothèque. Sans l'arrivée inopportune de Mme Wynne-Hargest et de lady Clinton, Juliana aurait renoncé à le faire souffrir.

Sauf qu'à présent, elle était presque certaine de souffrir aussi. Il la voulait, c'était très clair. Il était également très clair, du moins pour elle, qu'elle le voulait aussi.

Pourquoi avait-il prétendu qu'elle était spéciale ? Ce n'était probablement qu'un stratagème pour l'attirer dans son lit. Elle ne se montrerait pas si faible. Peu importe à quel point son lit paraissait attirant.

— Madame Sheldon ?

Juliana sortit brusquement de sa rêverie, se rappelant qu'elle se trouvait dans le salon et qu'elles étaient en train de discuter de leurs objectifs pour cette partie de campagne. Elle tourna la tête vers la gauche où Mme Hatcliff-Lind, qui avait prononcé son nom, était assise sur le canapé.

Un parfum de roses flotta autour de Juliana quand l'autre femme se tapota les cheveux.

— Mes excuses, j'étais perdu dans mes pensées, leur dit-elle.

Mme Hatcliff-Lind la regardait avec impatience.

— C'est à votre tour de dire si vous voulez vous remarier.

Exact. C'était le sujet de la conversation, savoir si l'une ou l'autre d'entre elles souhaitait se remarier. Avant de se plonger dans ses pensées, Juliana avait entendu Mme Dunthorpe dire qu'elle y songeait. Ce qui avait conduit Juliana à se rappeler que celle-ci avait été assise à côté de Lucas au dîner, ce qui l'avait ensuite poussée à se demander si le vicomte avait dansé avec elle en plus de Mme Wynne-Hargest. Sans doute que oui.

Pourquoi Juliana devrait-elle s'en préoccuper ? Elle n'aimait même pas danser. Zut ! Elle était à nouveau perdue dans ses pensées.

— Je n'ai pas l'intention de prendre un autre mari, déclara Juliana. Je me sens bien comme ça.

Surtout si elle pouvait entretenir une liaison de temps à autre. Comme elle l'avait fait au printemps précédent, et comme elle l'avait fait avec Lucas près de deux ans plus tôt.

La parole était à Mme Hatcliff-Lind.

— Je suis prête à accepter une offre, au bon prix. Je suis à l'aise également, mais j'ai cinq enfants, et je ne ferais pas la fine bouche devant un vicomte ou un comte.

Elle adressa un clin d'œil à l'assemblée et gloussa. Apparemment, elle était la dernière à faire part de ses intentions, car Mme Wynne-Hargest déclara :

— Il semble que la majorité d'entre nous soit ici pour une excitation temporaire.

Il y avait une lueur d'hilarité dans son regard.

— L'une d'entre vous l'a-t-elle trouvée ? demanda-t-elle.

Lady Clinton posa une main sur sa poitrine.

— Je ne dirais certainement rien.

— Nous pouvons assurément partager ce genre de choses entre nous, insista Mme Wynne-Hargest. Ne pourrions-nous pas toutes convenir que ce qui se passe à Blickton reste à Blickton ?

Il y eut des hochements de tête en réponse, mais personne ne dit rien. Mme Wynne-Hargest expira et leva les mains.

— Très bien. Si cela signifie quelque chose, je n'ai rien à partager, mais je l'aurais fait le cas échéant. En fait, j'espère trouver un… arrangement bientôt, et je vous tiendrai au courant, affirma-t-elle, haussant les sourcils avec un sourire.

Juliana était convaincue que cette femme faisait allusion à Lucas. Elle serra les dents pour ne pas dire à Mme Wynne-Hargest de garder ses mains pour elle.

Sauf qu'elle ne pouvait pas être jalouse de l'attention que les autres femmes portaient à Lucas, alors qu'elle pouvait très bien l'avoir pour elle. Il avait ouvertement déclaré qu'ils pourraient réitérer leur aventure du *Pack Horse*. Il avait également raconté n'importe quoi sur le fait qu'il aurait pu partir à sa recherche à Skipton. Dans quel but ? Il n'allait certainement pas l'épouser. Et elle ne voulait pas non plus se marier, pour la raison qu'elle avait énoncée quelques minutes plus tôt. Elle avait déjà refusé une demande en mariage cette année.

Lady Cosford apparut dans l'embrasure de la porte, tirant Juliana de ses pensées.

— C'est l'heure du colin-maillard dans la salle de bal.

Juliana se leva avec toutes les autres, et s'y dirigea. Lady Cosford monta sur l'estrade. Elle regarda les invités et hocha la tête vers chacun d'eux, comme si elle comptait.

— Si mes calculs sont corrects, tout le monde est ici. Comme vous le savez, nous allons jouer à colin-maillard. Quelqu'un *ignore-t-il* comment l'on joue ?

Tout le monde regarda autour de soi, mais personne ne répondit.

— Parfait ! s'exclama leur hôtesse. Nous allons ajouter un petit quelque chose à notre jeu, aujourd'hui. Lorsque celui ou celle qui porte le bandeau trouve et identifie correctement une personne, il ou elle l'embrasse.

Cela suscita quelques réactions, mais elles n'étaient pas assez fortes pour que Juliana les entende. Il y eut aussi des rires. Sir Godwin s'éclaircit la gorge.

— Et si je tombe sur lord Audlington ?

Son regard se déplaça et tomba sur Lucas. Impeccablement vêtu, un léger sourire aux lèvres, ce dernier était d'une beauté à couper le souffle. Sur l'estrade, leur hôtesse répondit :

— Vous pouvez l'embrasser comme vous le souhaitez, il n'y a pas de règle sur le type de baiser.

Sir Godwin inclina la tête.

— Et si, me rendant compte que j'ai trouvé un gentleman, je fais exprès de perdre pour pouvoir réessayer ? s'enquit-il, ce qui lui valut de nouveaux rires.

— C'est tout à fait votre droit, l'informa lady Cosford. Vous pouvez également choisir de regarder au lieu de jouer.

À la droite de Juliana, la duchesse douairière de Kendal indiqua qu'elle regarderait, tout comme M. Sterling, qui se tenait à ses côtés. Il escorta la douairière jusqu'aux chaises installées près du mur.

— Quelqu'un d'autre ? s'enquit lady Cosford à voix haute, marquant une pause pour laisser le temps aux gens de répondre.

Le regard de Juliana se posa sur Lucas. Il l'observait, bien sûr. Son regard était plein de promesses et de confiance, comme s'il lui assurait qu'il serait celui qui la trouverait.

Pas si je te trouve en premier.

Avait-elle envie de le trouver ?

Bien évidemment. Car elle pourrait alors l'embrasser. Et elle se rendit compte qu'elle avait très envie de le faire, sous le prétexte de jouer.

De toute façon, n'étaient-ils pas déjà en train de jouer ? Elle ne l'avait pas pensé jusqu'à la veille au soir, peut-être. Jusqu'à ce qu'il ait décidé qu'il appréciait sa punition. Cela avait changé les règles.

Il était temps de les changer à nouveau. Elle espérait seulement pouvoir le trouver.

Un lent sourire ourla ses lèvres alors même qu'elle prenait conscience de ce qu'elle pourrait faire d'autre : si elle était choisie, elle embrasserait quelqu'un *avant* de l'embrasser, lui. Ce qui signifiait qu'elle aurait l'occasion de le tourmenter juste encore un peu.

— Commençons, alors ! annonça lady Cosford. N'oubliez pas que vous ne pouvez pas bouger une fois que la personne a les yeux bandés, sinon elle ne pourra trouver personne.

Une petite table était installée sur l'estrade, sur laquelle était posé un bol rempli de morceaux de parchemin. Elle en prit un, qu'elle déplia avant de lire à haute voix :

— Lord Satterfield !

Lord Cosford s'avança, banda les yeux du comte et le fit tourner sur lui-même. Satterfield grommela qu'il était étourdi, puis il tendit les bras pour essayer de trouver quelqu'un. Ensuite, il devrait l'identifier correctement pour pouvoir l'embrasser. Ou, dans une version normale du jeu, passer le bandeau à la personne qu'il avait trouvée et nommée.

Après de nombreuses hésitations, il trouva Mme Makepeace, puis parvint à l'identifier correctement. Ils échangèrent quelques mots, que Juliana ne put entendre, avant que le comte ne dépose un baiser plutôt chaste sur ses lèvres.

Juliana coula un regard vers Lucas. Il regardait Mme Makepeace chercher son chemin comme un marin ivre à qui on avait bandé les yeux et que l'on faisait tourner sur lui-même. Elle s'avança vers Juliana, qui se dit que l'embrasser pourrait rivaliser avec le poème en termes de provocation.

Finalement, la femme aux yeux bandés lui attrapa le bras, puis remonta sa main jusqu'à sa manche cape.

— Je peux dire qu'il s'agit d'une femme. Puis-je continuer à chercher, s'il vous plaît ?

Des rires retentirent, et lady Cosford acquiesça.

— Oui, allez-y. Peut-être devrions-nous demander aux femmes de se mettre à l'écart pour l'instant ?

Lady Clinton s'exclama :

— Et si je *voulais* embrasser Mme Makepeace ?

M. Emerson sourit.

— Je propose qu'on la laisse faire.

Finalement, Mme Makepeace choisit lord Pritchard, qu'elle embrassa sur la joue. Au vu de leur différence d'âge, sans doute une vingtaine d'années, elle avait l'air de faire la bise à son père.

Le jeu se poursuivit, et, après quelques tours supplémentaires, Juliana commença à se sentir frustrée que ni elle ni Lucas n'aient été attrapés. À en juger par la façon dont ses sourcils se plissaient plus profondément à chaque nouveau joueur, elle soupçonnait qu'il ressentait la même chose.

Finalement, Emerson tomba sur Juliana.

— Voyons voir… J'ai fait attention à l'endroit où tout le monde se tenait, et ce doit être Mme Sheldon.

— Vous avez raison, dit-elle en souriant, songeant que cela n'aurait pas pu mieux se passer.

Parmi tous les hommes qu'elle aurait pu embrasser pour torturer Lucas, Emerson était parfait.

Il retira le bandeau, et Juliana lui adressa un regard timide accompagné d'un léger haussement d'épaules. Une lueur d'anticipation apparut dans ses yeux juste avant qu'il baisse la tête. Juliana posa sa main sur son torse et se pencha vers lui, sa bouche rencontrant la sienne.

Le baiser fut bref, mais absolument pas chaste, car leurs lèvres étaient entrouvertes. Juliana recula lentement, laissant le bout de ses doigts descendre de quelques centimètres le long de son revers, tout en soutenant son regard.

Puis elle tourna sur elle-même.

— À mon tour.

Juste avant que le bandeau ne glisse sur ses yeux, elle trouva Lucas. Il avait la mâchoire crispée et ses traits exprimaient sa volonté.

Si elle voulait se montrer encore plus cruelle, elle pourrait choisir quelqu'un d'autre. Non, il n'avait jamais été question d'être cruelle. Elle avait éprouvé de la colère, mais c'était *effectivement* devenu un jeu. La question était maintenant de savoir qui allait gagner.

Emerson la fit tourner en rond sans ménagement, lui donnant le vertige, si bien qu'elle dut s'agripper brièvement à son bras pour ne pas tomber par terre.

— Ça va ? lui demanda-t-il doucement.

— Oui, merci.

Où diable était Lucas ?

Juliana s'efforçait de retrouver ses repères, mais le bandeau ne laissait rien passer, pas même la lumière qui lui aurait permis de repérer l'emplacement des fenêtres. Elle se fia à ses autres sens, en particulier son odorat : elle connaissait parfaitement l'odeur de Lucas.

Inspirant en chemin, elle repéra un fort parfum de roses. C'était Mme Hatcliff-Lind. Et elle était à l'opposé de Lucas. Pivotant, Juliana tendit les bras et entreprit de chercher sérieusement, prenant soin de ne pas aller directement à l'endroit où elle pensait que Lucas se tenait.

Elle se rapprocha de quelqu'un, mais elle n'était pas sûre qu'il s'agisse de lui. Bon sang ! C'était plus difficile qu'il n'y paraissait. Elle prit une profonde inspiration, et elle ne sentit ni le pin ni le bois de santal. Continuant sur sa gauche, elle garda les mains en l'air et pria pour ne pas heurter accidentellement quelqu'un d'autre, car elle devrait alors deviner jusqu'à ce qu'elle découvre son identité.

Un bruit parvint à ses oreilles, un très léger raclement de gorge, à peine audible. Peut-être n'était-ce rien, ou peut-être était-ce Lucas qui lui faisait signe. Se déplaçant dans cette direction, elle continua à renifler discrètement. Finalement, elle fut récompensée par une odeur masculine familière.

Elle toucha son torse, appuyant ses deux mains contre lui, remontant le long de sa veste jusqu'à ses épaules.

— Je crois… je crois que c'est lord Audlington.

— Enfin, murmura-t-il, pour qu'elle seule puisse l'entendre.

— Bien joué ! dit quelqu'un derrière elle.

Juliana détacha le bandeau et le serra dans sa main. Elle croisa le regard brûlant de Lucas et faillit fondre.

— Tu n'aurais pas dû embrasser Emerson comme ça, murmura-t-il alors qu'elle se rapprochait de lui, pressant presque sa poitrine contre la sienne.

— Pourquoi pas ? C'est le jeu.

Il lui agrippa la taille dans un geste résolument possessif.

— Parce que tu as surtout attisé ma jalousie, et, maintenant, je ressens un besoin primitif de montrer à tout le monde ici que tu es *à moi*.

— *Donnez le pire de vous-même, my lord.*

Elle se hissa sur la pointe des pieds et l'embrassa. Comme avec Emerson, elle avait les lèvres entrouvertes, tout comme celles de Lucas. Mais ce baiser ne fut pas bref, ni même un peu chaste. C'était érotique et bouleversant, la langue de

Lucas glissant le long de la sienne tandis qu'il posait sa main sur le côté de son cou.

Son pouce caressa la mâchoire de Juliana, qui se perdit complètement. Enroulant ses doigts dans les revers de sa veste, elle réprima un gémissement alors que le désir s'emparait d'elle.

Une toux retentit à proximité et Juliana se rappela qu'ils se trouvaient dans une salle de bal au cours d'une partie de campagne, entourés d'un grand nombre de personnes qui les observaient certainement.

Lucas s'en rendit compte aussi, car il la relâcha et recula. Elle fit de même, mettant de la distance entre eux, ce qui était exactement le contraire de ce qu'elle avait envie de faire.

Au bout de ce qui lui parut une éternité, lady Cosford prit la parole.

— Je crois qu'il est temps de prendre des rafraîchissements !

Les gens se dirigèrent vers la table où se trouvaient des boissons et de la nourriture. Mais Juliana se rapprocha d'une chaise où elle déposa le bandeau. Puis elle jeta un regard à Lucas par-dessus son épaule et quitta la salle de bal.

∼

*L*e cœur de Lucas tonnait dans sa poitrine tandis que sa vision se focalisait sur Juliana. Il était déjà dur comme du granit, mais le regard sulfureux qu'elle lui avait lancé avait anéanti ses dernières défenses. Non pas qu'il essayait vraiment de lui résister.

S'était-il agi d'une invitation à le suivre ? Il n'allait pas attendre pour le découvrir. Il s'empressa de la suivre, quittant la salle de bal sans réfléchir. Où irait-elle ? À l'étage ? C'était là que *lui* voulait aller. La chambre de Juliana, la sienne, peu lui importait. Puisqu'il semblait toujours la retrouver dans la bibliothèque, c'était là qu'il irait. Il prit cette direction et aperçut un éclair jaune, de la couleur de sa robe, vers l'escalier. Tournant à gauche, il pénétra dans le hall au moment où elle commençait à gravir les marches. Il courut pratiquement pour la rattraper.

— Je pensais que tu irais dans la bibliothèque, lui dit-il en montant derrière elle dans l'escalier.

— C'est là que tu préférerais aller ? lui demanda Juliana, qui fit une pause. Il n'y a pratiquement pas d'intimité.

— Il y a quelques alcôves. J'ai couché avec une veuve dans une alcôve lors d'un bal à l'âge de vingt ans.

Juliana plissa les yeux.

— Crois-tu que j'aie envie d'entendre parler de tes exploits passés ? Ne me fais pas changer d'avis.

Lucas la rejoignit sur sa marche.

— Je n'ai pas particulièrement apprécié de te voir embrasser Emerson. Et c'était *aujourd'hui*, pas il y a treize ans.

Se penchant vers lui, Juliana lui adressa un regard timide.

— Cela t'a-t-il dérangé ?

— Tu sais très bien que oui. Sinon, pourquoi l'aurais-tu fait ?

Elle haussa les épaules et monta jusqu'au palier à mi-chemin de l'escalier, à l'endroit où il tournait sur la gauche.

— Je ne l'ai pas embrassé comme je t'ai embrassé, toi.

Avec un grognement, Lucas la saisit par la taille et la repoussa contre le mur, la plaquant contre le bois avec son corps.

— J'en suis ravi, parce que j'aurais dû le frapper.

— Cela aurait été incroyablement inapproprié.

Juliana remonta sa main sur le torse de Lucas et l'enroula autour de son cou, tirant sa tête vers le bas au moment précis où il s'approchait pour l'embrasser.

— Mais tout à fait nécessaire.

La bouche de Lucas s'empara de la sienne, leurs lèvres et leurs langues s'entremêlant sauvagement tandis qu'il poussait ses hanches contre les siennes.

Elle haleta, rompant le baiser.

— Pourquoi ? Tu ne peux pas commettre des violences en mon nom.

Lucas saisit le menton de Juliana, la tenant tout en la regardant dans les yeux.

— Parce que tu es à moi. Que tu en sois consciente ou non. Et je veux, non, j'ai *besoin* que tous les participants à cette maudite partie de campagne le sachent.

— Si tu continues à m'embrasser dans les escaliers, je crois pouvoir dire qu'ils le sauront.

Avec un autre grognement, il l'embrassa à nouveau, cette fois rapidement, se servant de ses dents pour tirer sur sa lèvre inférieure, juste avant de la soulever dans ses bras et de gravir les escaliers en toute hâte.

— Lucas ! siffla-t-elle. Ce n'est pas du tout discret !

— Au diable la discrétion !

Il la porta directement jusqu'à sa chambre, mais il ne parvint pas à ouvrir la porte sans la poser. Jurant doucement, il la fit descendre vers le sol. Juliana ouvrit la porte et la tint pour lui.

Il franchit le seuil et il eut à peine le temps de refermer derrière lui qu'elle lui sauta dessus. Avec frénésie, elle repoussa sa veste de ses épaules.

Ils s'arrachèrent mutuellement leurs vêtements, les faisant voguer l'un après l'autre jusqu'à ce qu'elle se tienne devant lui en chemise et en jarretière. Elle le parcourut du regard.

— Ces bottes doivent disparaître.

— Oui.

Il s'assit sur le bord du lit et les retira. Ses chaussettes suivirent.

Juliana se plaça entre ses jambes et posa ses mains sur son

torse, effleurant ses mamelons du bout des doigts. Une vague de désir le traversa, et il saisit sa taille avant de faire remonter ses mains dans le dos de Juliana.

Baissant la tête, elle embrassa le creux de sa gorge, faisant tournoyer sa langue contre sa peau. Lucas retira les épingles de ses cheveux, et les laissa tomber sur le sol sans y prendre garde. Alors que leur épaisse masse retombait, il glissa les doigts dans les mèches satinées.

Il respira son parfum évocateur.

— *Mon Dieu!* Tes cheveux sont magnifiques. J'en ai rêvé. Quand tu as récité ce maudit poème, j'ai cru que j'allais éclater.

— C'était mon intention, murmura-t-elle, embrassant son torse tout en baissant la main pour déboutonner son pantalon.

— Tu es une sirène. Tu m'attires près de toi pour me punir ensuite.

Juliana releva la tête et regarda Lucas droit dans les yeux.

— As-tu détesté ?

Il saisit sa nuque, plantant ses doigts dans sa chair, la revendiquant.

— J'en ai adoré chaque instant.

L'attirant à lui, il l'embrassa passionnément, se servant de sa bouche pour chasser tous les doutes qu'elle pouvait avoir sur l'intensité de son désir. Pour qu'elle sache à quel point elle le rendait désespéré.

Lorsque le pantalon de Lucas s'ouvrit, elle y glissa la main et entoura son sexe. Elle le caressa lentement, plusieurs fois, l'amenant presque instantanément au bord de la libération.

Il lui saisit le poignet et rompit leur baiser.

— Arrête! Ou je vais jouir dans ta main, expliqua-t-il, grimaçant lorsqu'elle haussa un sourcil. Je n'ai pas été avec une femme depuis plus d'un an.

Sa main s'immobilisa.

— Pauvre homme. J'étais sans homme depuis... laisse-moi voir... près de *cinq* ans quand je t'ai rencontré au *Pack Horse*. M'en suis-je plainte ?

Elle continuait de le torturer ; il ne put s'empêcher de rire.

— Tu marques un point. Et maintenant ?

Il n'avait pas eu l'intention de le lui demander, mais il était soudain curieux de savoir si elle avait été avec un autre homme depuis qu'ils s'étaient rencontrés.

— Cela fait plusieurs mois, mais j'ai l'habitude de me satisfaire, affirma-t-elle, reprenant ses caresses, se servant en plus de ses ongles à présent. Il semblerait que ce ne soit pas ton cas.

— Ta main et la mienne, ce n'est pas la même chose. Je ne pourrais jamais me satisfaire comme tu le fais. N'est-ce pas la même chose pour toi ?

— Je préfère effectivement les attentions de quelqu'un d'autre, confirma-t-elle.

Juliana se pencha ensuite en avant, et lécha le contour de son oreille.

— Et, pour être honnête, ce sont les tiennes que j'ai préférées.

Lucas gémit, luttant pour ne pas jouir dans sa main.

— *Tentatrice.*

Elle le repoussa sur le lit et tira sur son pantalon, le faisant glisser sur ses hanches et le long de ses jambes. Elle pencha la tête au niveau de la taille de Lucas.

— Puis-je te prendre dans ma bouche ?

— Je ne durerai pas.

Mais quelle merveilleuse façon de jouir ! Elle rit, et ce son était incroyablement excitant.

— Essaie.

D'une main, elle saisit la base de son sexe et entreprit d'en sucer l'extrémité. Il remonta les hanches, emplissant sa bouche. Elle le prit profondément, de sorte qu'il toucha le fond de sa gorge. Lucas s'agrippa aux draps pour s'empêcher de basculer dans l'abîme.

Agrippant sa hanche, Juliana maintint son sexe et déplaça sa bouche sur lui, établissant un rythme érotique où ils donnaient et prenaient de plus en plus rapidement. Lucas lui tirait les cheveux et murmurait son nom encore et encore. À présent, il allait vraiment jouir.

— À moins que tu ne veuilles que je me répande dans ta bouche, il faut que tu arrêtes.

Elle s'écarta et leva les yeux vers lui.

— En as-tu envie ?

— Je veux que tu me chevauches comme ton satané cheval.

Une étincelle de chaleur jaillit dans les yeux de Juliana, qui baissa les mains pour saisir l'ourlet de sa chemise. Elle remonta le vêtement sur son corps, dévoilant lentement sa chair. Les mains de Lucas le brûlaient de toucher ses seins, de l'attirer contre lui pour pouvoir la prendre dans sa bouche. Elle s'apprêta à détacher un de ses bas.

— Laisse-les, gronda-t-il, reculant sur le lit en se tournant pour que ses jambes y reposent.

Elle monta à sa suite et s'installa à califourchon sur ses cuisses. Là, il put poser les mains sur elle, caressant ses seins, tirant sur ses mamelons. Elle cambra le dos, se laissant davantage aller contre ses mains.

— Plus fort.

Il serra sa chair, la pinçant jusqu'à ce qu'elle gémisse, ses hanches se mouvant sur lui dans un abandon sauvage.

— Tu es une déesse.

Saisissant à nouveau son sexe, elle se tint au-dessus de lui et l'introduisit dans son fourreau humide. Lucas rejeta la tête en arrière et gémit lorsque Juliana s'abaissa, le prenant profondément en elle.

Il attrapa ses hanches et le bout de ses doigts s'enfonça dans ses fesses douces alors qu'elle commençait à bouger. Elle le montait en effet comme son cheval, comme elle l'avait fait au *Pack Horse*, ses cuisses glissant contre les siennes en suivant un rythme délicieux et primitif.

Elle retomba en avant, l'embrassa, et leurs langues se trouvèrent. Relevant la tête, elle posa ses mains sur ses épaules, se soutenant tandis que ses mouvements devenaient plus frénétiques. Il prit son mamelon dans sa bouche, le suçant avec force, puis plaça sa main entre eux pour caresser son clitoris.

Elle cria, se relevant complètement, redressant sa colonne vertébrale alors qu'elle bougeait vite et fort sur lui. Les muscles intimes de Juliana se contractèrent autour de lui tandis que l'orgasme ravageait son corps. Il était sur le point de jouir, ses testicules se serrèrent tandis qu'il la pénétrait à grands coups de reins rapides et profonds.

Merde ! Il devait se retirer. Il ne s'en était pas toujours soucié : il ne l'avait pas fait lors de leur aventure au *Pack Horse*, mais les choses avaient changé.

Il la souleva de lui et plaça sa main autour de son sexe pour finir. Des lumières blanches jaillirent derrière ses paupières lorsqu'il jouit. La main de Juliana se posa sur celle de Lucas, et elle le caressa jusqu'à ce que son corps s'apaise.

— Tu n'étais pas obligé de le faire, remarqua-t-elle en retirant sa main.

— J'ai pensé que c'était nécessaire, murmura-t-il alors qu'il tentait de reprendre ses esprits ;

— Je t'ai dit qu'il était peu probable que je puisse avoir un enfant, lui rappela-t-elle, s'allongeant sur le flanc à côté de lui. Comment se fait-il que tu aies pris la peine de te retirer cette fois-ci, et pas avant ?

— Tu as dû me subjuguer au *Pack Horse*.

Il lui décocha un sourire en se redressant avant d'aller se nettoyer à la table de toilette.

— J'ai eu l'impression que tu étais subjugué aujourd'hui aussi, remarqua-t-elle en se levant elle aussi du lit. Mais peut-être qu'avec le mariage qui se profile à l'horizon, tu es plus sensible à l'idée de concevoir un enfant. Sache simplement que tu n'as pas à t'inquiéter de cela avec moi.

C'était sans doute pratique, se dit Lucas. Mais... n'avait-il pas commencé à penser qu'il pourrait vouloir l'épouser ? Le fait qu'elle ne puisse pas avoir d'enfant était-il important ?

— Es-tu sûre de ne pas pouvoir en avoir ?

Elle le rejoignit à la table de toilette et se nettoya pendant qu'il retournait au lit.

— Je t'ai dit que Vincent et moi étions très attirés l'un par l'autre au début de notre mariage. J'ai été déçue de ne pas tomber enceinte, mais j'ai appris à accepter le fait que je ne pouvais rien y changer.

— Mais peut-être était-ce à cause de lui, remarqua Lucas en se glissant entre les draps.

— Peut-être, mais j'ai eu une liaison au printemps dernier, pendant quelques mois, et je n'ai pas conçu d'enfant non plus, expliqua-t-elle avec un haussement d'épaules. J'ai accepté le fait que je ne serai pas mère. Je dois dire que cela m'a simplifié la vie.

Elle se tourna vers le lit.

— Je suppose que les enfants, c'est important pour toi ?

Il tint les couvertures pour elle tandis qu'elle s'y glissait.

— Oui.

Il n'en avait eu aucune idée jusqu'à récemment. L'idée de prendre pour épouse une femme qui ne pourrait sans doute pas en avoir le faisait hésiter, ce qu'il détestait. Il tenait énormément à Juliana, et il avait commencé à imaginer un avenir avec elle. Un avenir dans lequel elle le tourmenterait et dont il adorerait chaque instant.

Elle se coucha sur le flanc, face à lui.

— Dans ce cas, tu ne devrais pas passer cette partie de campagne avec moi. Ta future vicomtesse est peut-être en bas.

— J'en doute. S'ils ne sont pas déjà en train de nous mettre en couple après le baiser pendant le colin-maillard, ils le feront une fois qu'ils auront remarqué que nous avons tous les deux disparu.

Juliana soupira.

— Sans doute. Toutes mes excuses. Je sais que tu souhaites te marier.

— Il y a toujours la saison prochaine, dit Lucas, et il trouvait cela terriblement déprimant. Je déteste le marché du mariage.

Épouser Juliana lui permettrait de l'éviter complètement.

— Te remarieras-tu ?

Elle secoua la tête.

— Je ne crois pas. Je me sens bien dans ma situation actuelle. En outre, je n'ai pas vraiment apprécié cela autant que je m'y serais attendue. Tu sais déjà qu'après quelques années, mon mariage est devenu totalement platonique. En fait, le plus souvent, nous nous irritions mutuellement.

Il appuya sa tête sur sa main, enfonçant son coude dans le matelas.

— Comment cela ?

— Je voulais en savoir davantage sur le domaine, mais il n'aimait pas en parler avec moi. Je voulais recevoir plus souvent, mais il n'aimait pas avoir de monde à la maison. Mes parents ne m'ont rendu visite que deux fois pendant toute la durée de mon mariage.

— Voilà qui semble terriblement ennuyeux, remarqua-t-il, car il ne l'imaginait pas apprécier une telle situation. Tous les mariages ne sont pas comme ça.

— Je sais. Mes parents sont très heureux et profondément amoureux, affirma Juliana.

Elle repoussa ses cheveux en arrière de son visage et releva la tête pour les mettre sur le côté.

— Mais je pense que c'est rare. Mes frères et sœurs sont également mariés, et, bien qu'ils soient heureux, je ne suis pas sûre qu'ils décriraient leurs relations comme une histoire d'amour éternelle.

— Il me semble t'avoir dit que mes parents sont comme les tiens, dit Lucas. Il en va de même pour l'union de mon frère.

— Ton frère était sur le point d'avoir un bébé, la dernière fois que je t'ai vu. Tout s'est-il bien passé ?

Lucas sourit en pensant à son neveu.

— Oui. Daniel est un enfant précoce. Ils en attendent un autre pour le printemps.

— Comme c'est merveilleux ! J'entends l'envie dans ta voix, lui dit Juliana.

— Peut-être.

Ils étaient si heureux que c'en était écœurant. Peut-être Lucas était-il *effectivement* un peu envieux. Il ne voulait pas penser à eux ni à la discussion qu'il venait d'avoir avec Juliana. Il préférait songer aux prochains jours avec elle. Il saisit une mèche de ses cheveux et l'enroula autour de son index.

— Puis-je me permettre de croire que cette rencontre signifie que cela peut continuer entre nous ?

— Je ne vois pas pourquoi cela ne pourrait pas, répondit-elle, puis elle se rapprocha de lui et toucha sa mâchoire du bout des doigts. Mais je veux simplement profiter du temps que nous passons ici, pendant cette partie de campagne. Je ne veux pas penser à l'avenir ou au passé. Et je n'aurai aucun regret lorsque cela se terminera. Peux-tu me promettre la même chose ?

— Je peux.

Mais il ne le ferait pas. Il ne cesserait jamais de penser à cette liaison qui les avait réunis près de deux ans plus tôt, et il ne pouvait s'empêcher de rêver à l'avenir. Lucas se pencha en avant et l'embrassa, puis il passa son pouce sur ses lèvres.

Juliana l'aspira dans sa bouche, le faisant gémir. Il la repoussa et s'installa au-dessus d'elle.

— La seule chose à laquelle je pense à cet instant, c'est à t'avoir dans mes bras.

CHAPITRE 7

*L*e lendemain après-midi, il fit assez beau pour que tout le monde se rende à pied à la rivière. Au début, Juliana et Lucas avaient pensé ne pas passer chaque instant de cette partie de campagne ensemble, mais ce sentiment s'était rapidement dissipé lors du dîner de la veille. Ils avaient été placés l'un à côté de l'autre, vraisemblablement à cause du baiser qu'ils avaient échangé lors de la partie de colin-maillard et de leur disparition subséquente. En dépit de leurs efforts pour se comporter comme s'ils n'étaient que des amis, ils avaient fini par se frôler sous la table un nombre incalculable de fois.

Juliana était à peu près certaine que tout le monde était au courant de leur liaison, d'autant plus qu'il avait passé la nuit dans sa chambre, ce dont personne ne pouvait être sûr, et qu'ils s'étaient également assis ensemble au petit déjeuner, ce que tout le monde savait.

Alors que les invités se réunissaient pour marcher jusqu'à la rivière, Lucas lui offrit son bras et murmura :

— Autant en profiter.

Elle rit doucement et s'accrocha à son coude.

— Mais restons en arrière. Ainsi, je ne me sentirai pas gênée par les regards des gens.

— Ils n'ont qu'à regarder sir Godwin et Mme Fitzwarren à la place, remarqua Lucas. Nous sommes déjà de l'histoire ancienne.

C'était ce qu'il semblait, en tout cas. Les autres invités avaient jeté des regards furtifs et esquissé des sourires sournois vers Juliana et Lucas la veille au soir, mais, ce matin-là, au petit déjeuner, tout le monde s'était davantage intéressé à sir Godwin et à Mme Fitzwarren, qui s'étaient assis l'un à côté de l'autre. À présent, ils marchaient ensemble, leurs têtes rapprochées.

— J'avoue que je suis heureuse que l'attention se porte sur eux plutôt que sur nous. Je veux que tu puisses quitter cette partie de campagne sans qu'il y ait de spéculations. Tu dois trouver une vicomtesse, affirma Juliana.

Les muscles de Lucas se crispèrent brièvement.

— Les spéculations ne me dérangent pas.

— Ce n'est pas étonnant. Tu es un séducteur, affirma-t-elle en lui serrant le bras. Mes excuses. Tu *étais* un séducteur.

— Taquine-moi autant que tu le souhaites. Je suis prêt à me ranger. Cependant, tu m'as complètement chaviré, et je ne voudrais être avec personne d'autre. En fait, je ne crois pas que quoi que ce soit ou qui que ce soit puisse m'arracher à toi.

Il la regarda, et elle ne put ignorer la façon dont son cœur se serra ou son ventre vibra.

Mais elle songea ensuite à ce qu'il avait dit, qu'il ne voudrait être avec personne d'autre, et que personne ne pourrait l'arracher à elle. Il lui donnait l'impression de désirer quelque chose de permanent.

Elle détourna la conversation vers des sujets plus immédiats.

— C'est agréable d'être enfin à l'extérieur. C'est comme si

nous étions toujours enfermés quand nous sommes ensemble.

Lucas lui sourit.

— Tu as raison. D'abord au *Pack Horse* avec la neige, et maintenant ici avec la pluie. À la réflexion, je suis finalement assez reconnaissant pour ce mauvais temps.

Le groupe s'arrêta devant eux. Lord Cosford se tourna vers tout le monde et éleva la voix.

— Derrière ce bosquet se trouve une folie. Si vous souhaitez faire un détour pour l'explorer, libre à vous. Cependant, sachez que le chemin n'est pas gravillonné comme celui-ci. Il sera certainement boueux à cause de la pluie, expliqua leur hôte en souriant. Nous ne manquerons pas de la visiter demain lors de notre promenade à cheval. Allons voir la rivière !

Il se retourna et continua à les guider le long du chemin. Lucas s'arrêta lorsqu'ils atteignirent l'embranchement.

— Veux-tu que nous y allions ? s'enquit-il, arborant un sourire à la fois malicieux et torride.

Le corps de Juliana réagit, ses mamelons se durcirent à l'idée de ce qu'ils pourraient faire.

— Personne d'autre n'a tourné. Il me semble que nous nous *devons* d'y aller.

— Qu'en est-il de la boue ?

— Cela ne me dérange pas.

Elle lui adressa un regard sulfureux, puis l'entraîna sur le sentier de terre. Ils contournèrent le bosquet et découvrirent une petite folie imaginée pour ressembler à un temple en ruines. Même la végétation qui l'entourait donnait l'impression d'être sauvage, comme si elle envahissait le bâtiment. Cependant, elle semblait bien entretenue, ce qui ne retirait rien à son attrait.

— C'est une nouveauté par rapport à la dernière fois que je suis venue, nota Juliana.

— Oui, il me semble que Cosford l'a construite il y a trois ou quatre ans.

La jeune femme examina les colonnes, dont deux avaient été sculptées pour donner l'impression qu'elles s'étaient effondrées.

— C'est pittoresque.

— C'est un endroit idéal pour un rendez-vous galant.

Lucas l'entraîna derrière la folie, où se trouvait un mur solide. Il y avait en outre une pierre qui était censée s'être détachée du sommet du temple.

— Je suis choqué que sir Godwin et Mme Fitzwarren n'aient pas mordu à l'hameçon, remarqua-t-il.

— Ils pourraient le faire sur le chemin du retour. Nous devrions sans doute faire vite.

Juliana se tourna vers lui et glissa une main autour de sa taille.

Lucas saisit son cou et l'embrassa avec avidité, reflétant le désir désespéré qu'elle éprouvait pour lui. Cinq minutes auparavant, elle appréciait leur agréable promenade bucolique. Mais il l'avait invitée à visiter cette folie avec cette lueur dans le regard, et, tout à coup, elle ne pensait plus qu'à déboutonner son pantalon et à guider son vit raidi dans son fourreau qui était déjà prêt pour lui.

Il posa une main sur son sein, mais la quantité de vêtements entre eux était frustrante. Juliana gémit, et Lucas la fit reculer d'un pas.

— Pose ton pied sur la pierre.

Il retira le gant de sa main droite avec ses dents, puis le jeta de côté tandis qu'elle obéissait à ses ordres et appuyait sa botte sur le sommet plutôt plat du rocher.

Il releva rapidement sa jupe et fit glisser le bout de ses doigts le long de sa cuisse avant d'en plonger un dans son sexe. Juliana empoigna les revers de sa veste et l'attira vers elle. Ils faillirent basculer en arrière, mais il la rattrapa en passant sa main libre autour de sa taille.

Elle l'embrassa pendant qu'il lui procurait du plaisir, son pouce tournant autour de son clitoris de plus en plus vite, avec de plus en plus d'insistance. Ce n'était pas suffisant, même avec deux de ses doigts enfoncés en elle. Elle voulait qu'il la comble totalement, qu'il s'enfonce en elle avec une sauvagerie brute.

— Tu fais de moi une dévergondée, haleta-t-elle, rompant leur baiser tout en descendant la main pour déboutonner son pantalon.

— Tu me rends sauvage et désespéré. Je ne me lasserai jamais de toi, murmura-t-il, l'embrassant dans le cou, mordillant sa chair.

Elle plongea la main dans son vêtement et libéra son érection. Mais elle portait toujours ses gants, elle ne lui fit donc pas beaucoup d'effet.

— C'est très difficile de te caresser quand je n'ai pas la main nue, remarqua-t-elle, agacée.

Il se plaqua contre elle, remontant sa jupe entre eux, autour de sa taille.

— Guide-moi en toi. Maintenant !

La main de Lucas se joignit à celle de Juliana, et, ensemble, ils le guidèrent en elle. Il saisit ensuite la cuisse de la jeune femme pour la hisser sur sa hanche. Puis il s'enfonça profondément, la tenant fermement, car elle était en équilibre sur un pied. Elle sentit le mur contre son échine quand il la fit reculer en douceur.

— Tout va bien ? demanda-t-il.

— Plus que bien. Je t'en prie, bouge !

Il lui lécha l'oreille.

— Comme ça ?

Il fit tourner ses hanches contre les siennes, se frottant à elle. Juliana haleta, fermant les yeux pour ne pas être éblouie par le soleil.

— Non, pas comme ça. Des va-et-vient, vite et fort. Ce n'est ni le moment ni l'endroit pour me taquiner, Lucas !

— *Bon sang !* Que j'adore entendre mon nom sur tes lèvres.

Il l'embrassa, ravageant sa bouche tout en continuant à bouger lentement, avec des mouvements superficiels. Finalement, il plongea complètement en elle.

— C'est mieux ?

Les muscles intimes de Juliana se contractèrent, avides d'extase.

— Pas assez vite. Je veux jouir. Pas toi ?

— J'y suis presque.

Lucas accéléra son rythme, sa bouche contre la gorge de Juliana au moment où l'orgasme la submergea. Elle cria son nom, faisant de son mieux pour ne pas être trop bruyante.

Elle le sentit se crisper. Il laissa échapper un son grave, guttural, en jouissant. Enfonçant ses doigts dans la veste de Lucas, elle le chevaucha jusqu'à ce que son orgasme s'apaise.

Lorsqu'ils furent épuisés, il retira délicatement la jambe de Juliana de sa taille. Elle se servit de sa chemise pour se nettoyer, et le regarda sortir un mouchoir de sa poche pour faire de même.

— L'aurais-tu apporté dans ce seul but ?

Lucas haussa un sourcil en la regardant.

— Il faut toujours être prêt.

Elle éclata de rire, et il se rhabilla, reboutonnant son pantalon. Puis il se pencha pour récupérer son gant.

— C'était absolument divin, lui dit-il, effleurant la bouche de Juliana avec la sienne, ravivant le désir de la jeune femme.

Serait-elle toujours aussi excitée par lui ? Cela lui faisait penser à sa rencontre avec Vincent, et refroidit quelque peu ses ardeurs.

Mais Lucas n'était pas Vincent. Lucas la poursuivait de ses assiduités avec passion et joie, mais aussi avec humour et considération. Il avait supporté sa « punition » et elle pensait qu'il regrettait vraiment son comportement passé. Et voilà qu'il remettait à plus tard ses projets de mariage. À cause d'elle. Elle se sentait à la fois ravie et mal à l'aise. Malgré la façon dont elle l'avait traité lorsqu'elle l'avait revu, elle ne voulait pas lui faire de mal. Elle ne voulait pas non plus être blessée, comme elle l'avait été lorsqu'il l'avait laissée à l'auberge.

Le bruit de voix à proximité figea Juliana. Elle croisa le regard de Lucas, qui porta son doigt à ses lèvres, puis la ramena contre la folie.

— Cela fera l'affaire, dit une lady à l'intérieur de la folie. Tu ne crois pas, Winnie ?

Juliana mima le nom « Winnie », l'air interrogateur, au moment où Lucas faisait de même. Elle dut plaquer sa main sur sa bouche pour s'empêcher de rire.

Un faible gémissement se fit entendre. Il devait s'agir de sir Godwin et de Mme Fitzwarren. Ou bien, d'une autre lady avec sir Godwin. Qui d'autre Winnie pourrait-il être ? Juliana ne voyait pas d'autre invité à qui ce surnom pourrait s'appliquer.

Lucas inclina la tête et prit la main de la jeune femme. Ils contournèrent la folie jusqu'au sentier, se déplaçant rapidement pour ne pas attirer l'attention des amants à l'intérieur de la folie. Cependant, Juliana soupçonnait qu'il aurait été assez difficile d'interrompre leurs activités.

Lorsqu'ils rejoignirent le chemin principal, ils respirèrent enfin.

— Voilà qui aurait pu être très gênant, remarqua Lucas en riant.

Juliana lui prit le bras alors qu'ils tournaient en direction de la rivière.

— Devrions-nous retourner à la maison, plutôt ? Pour éviter les regards ou les commentaires ?

— À toi d'en décider. J'aime être dehors. De plus, je me moque de ce que les gens disent ou pensent, affirma Lucas, coulant un regard vers elle. Je me préoccupe uniquement de ce que tu penses. Je suis entièrement concentré sur toi. Épris, en fait.

Il avait parlé d'un ton léger, et il avait reporté son attention sur le chemin devant eux, mais Juliana ne pouvait pas ignorer le mot « épris ».

— Sais-tu ce qu'épris veut dire ?

Il eut l'air amusé.

— Bien sûr. Et je ne m'excuserai pas de ressentir cela. Peux-tu affirmer n'éprouver pour moi qu'un désir effréné ? Je crains que cette partie ne soit évidente, lui dit-il avec un clin d'œil.

Juliana sourit en guise de réponse, au lieu de réfléchir à sa question, car celle-ci était compliquée. Or, elle voulait que leur lien reste simple.

— Tu es bien trop charmeur. Arrête.

— Donc, tu ne peux pas l'affirmer. Bien. Parce que je crois que tu devrais envisager la possibilité de te remarier. En fait, je pense que tu devrais envisager de te marier avec moi.

Comme il souriait, et qu'ils étaient en train de marcher, elle pensa qu'il plaisantait. Peut-être était-ce parce qu'elle aurait voulu que ce ne soit rien de plus qu'une plaisanterie. Elle décida de ne pas le prendre au sérieux.

— Tu sais que je ne peux pas. Tu as besoin d'un héritier, et tu n'en auras pas avec moi.

— N'oublie pas que j'ai un frère, et qu'il a déjà un héritier, ainsi qu'un potentiel remplaçant en route.

Son ton restait léger, et, à présent, elle se demandait vraiment s'il était sérieux ou non. Heureusement, elle n'eut pas à poursuivre la conversation, car ils arrivèrent à la rivière, où des tables avaient été installées avec des rafraîchissements, dont une bière spéciale que le brasseur de Cosford avait préparée juste pour la partie de campagne.

Un valet de pied leur en versa, et Lucas lui tendit une petite chope. Pendant qu'ils buvaient, lord Pritchard s'approcha pour se faire resservir.

— Quelle formidable journée ! s'exclama-t-il, levant sa chope avant de boire.

— C'est très agréable d'être dehors, confirma Juliana.

Pritchard se tourna ensuite vers Lucas.

— Je n'ai pas encore eu l'occasion de vous dire que j'ai apprécié votre discours sur l'amendement relatif au service militaire. Il se trouve que j'étais près de la Chambre ce jour-là, et que je voulais l'entendre. C'était une prestation très passionnée.

— Merci. Je suis heureux que l'amendement ait été adopté.

— Santé !

Pritchard se servit un petit sandwich avant de retourner vers un groupe d'invités près de la rivière. Juliana regarda Lucas par-dessus le rebord de sa chope.

— Tu sers aux Communes, maintenant ?

Lucas acquiesça d'un signe de tête.

— Depuis l'année dernière. Je voulais faire quelque chose qui ait plus de sens, et, de toute façon, un jour, je prendrai la place de mon père au sein des Lords.

— Quel discours as-tu prononcé ?

— Nous venions d'adopter un projet de loi exigeant des comtés qu'ils établissent des listes d'hommes devant se présenter à l'entraînement obligatoire. Cela n'avait pas de sens pour moi, alors que nous avons déjà tant de bénévoles. L'amendement permet au roi de lever ces exigences s'il estime que le nombre de volontaires est suffisamment élevé.

— Cela semble raisonnable. Tu es donc un orateur

passionné ? Pourquoi cela ne me surprend-il pas ? murmura Juliana.

Une lueur d'humour brilla dans les yeux de Lucas.

— Je n'aime pas vraiment faire quoi que ce soit sans m'engager entièrement.

C'était ce que Juliana commençait à comprendre. Il semblait très engagé dans leur liaison. Lord et lady Cosford vinrent les rejoindre. Après quelques minutes de bavardages, leur hôtesse se rapprocha de Juliana et lui parla à voix basse.

— Comment as-tu trouvé la folie ?

Cette femme était l'une des personnes les plus observatrices qu'elle ait jamais rencontrées. Elle soupçonnait lady Cosford d'être au courant de tout ce qui se passait au cours de cette partie de campagne.

— Elle est charmante.

— J'en suis très heureuse ! J'espère que tu passes un bon moment.

— C'est le cas, je te remercie, répondit Juliana, puis son regard se porta brièvement sur Lucas. Je suis ravie que tu m'aies invitée.

— Vous semblez tous les deux... entichés l'un de l'autre, observa lady Cosford tout bas, tandis que son mari et Lucas discutaient de la bière.

— Vraiment ?

Juliana n'avait pas l'intention de confirmer quoi que ce soit, d'autant plus qu'elle se sentait plutôt confuse en ce moment. Il lui était difficile de ne pas l'être alors que Lucas lui avait avoué être épris d'elle et lui avait suggéré de l'épouser.

L'épouserait-elle si elle pensait pouvoir porter des enfants ? Juliana refusait de laisser son esprit emprunter cette voie. Cela n'avait aucune importance, car elle ne pouvait pas avoir d'enfant, et qu'il avait besoin d'un héritier.

Ils avaient ce temps ensemble, et elle le chérirait. Elle

n'envisagerait pas d'avenir, pas plus qu'elle ne s'éprendrait de lui, ni rien d'approchant. Elle avait fait les deux avec Vincent, et leur passion n'avait pas duré.

Une fois de plus, elle se rappela que Lucas n'était pas Vincent, que ce qu'ils partageaient allait au-delà du physique. Elle aimait beaucoup Lucas, et elle n'aurait pas pu dire la même chose de Vincent.

— Je ne veux pas me montrer indiscrète, lui dit lady Cosford avec un doux sourire. C'est dans ma nature d'essayer de faire en sorte que les gens trouvent le bonheur. Je dois garder en tête que cela n'est pas toujours synonyme de mariage.

Non, ce n'était pas le cas. Et, dans le cas présent, Juliana regrettait que cela ne dure pas.

~

*L*ucas aurait dû être épuisé après une nouvelle nuit passée avec Juliana, au cours de laquelle le sommeil n'avait pas été leur priorité. Si l'on ajoutait à cela la longue promenade à cheval qu'ils avaient tous faite ce matin-là, il se demandait pourquoi il ne dormait pas profondément dans son lit. À la place, il se sentait absolument exalté.

La plupart des invités se reposaient, mais, après avoir pris un bain, Lucas descendit dans la salle de billard, où il retrouva Roth, la mine renfrognée devant un verre de brandy.

— Qu'est-ce qui ne va pas? lui demanda-t-il en allant se servir.

— Rien, en réalité. Je ne fais pas beaucoup de progrès au cours de cette partie de campagne, contrairement à toi et à sir Godwin. Et peut-être même Satterfield.

— Satterfield a trouvé quelqu'un?

Roth haussa les épaules.

— Je viens de remarquer la façon dont il regarde la duchesse douairière. Je pense qu'il *aimerait* se rapprocher d'elle, mais je ne saurais dire ce qu'elle ressent.

D'une certaine manière, c'était un peu comme pour Lucas et Juliana. Ils formaient un couple temporaire, mais il commençait à se rendre compte qu'il voulait plus. Plus il passait de temps avec elle, plus il angoissait à l'idée de se séparer d'elle à la fin de cette partie de campagne.

— As-tu toujours des vues sur Mme Dunthorpe et Mme Makepeace ?

— Je crois avoir décidé que Mme Makepeace est trop jeune. Ou peut-être est-ce parce que j'ai davantage apprécié mes conversations avec Mme Dunthorpe.

— Et pourquoi cela ?

— Elle a un excellent sens de la mode et une grande intelligence. Elle parle français et aime la géographie.

— On dirait qu'elle ferait une excellente mère, murmura Lucas.

Roth lui adressa un regard accablé.

— Oui, et tu sais que c'est ce que je recherche… en grande partie.

— J'aurais plutôt dit « tout à fait », mais je suis heureux de t'entendre dire ça, répondit Lucas. J'espère que tu pourras trouver quelqu'un que tu aimeras. Tu le mérites.

Roth avait espéré tomber amoureux de sa femme, mais elle n'avait pas voulu de ce genre de mariage, chose qu'elle n'avait révélée qu'après leur union.

— C'est ce qui t'arrive ? l'interrogea son ami. Es-tu amoureux de Mme Sheldon ?

Lucas n'était pas certain d'être prêt à s'engager sur ce terrain, mais il lui avait dit la veille qu'il était épris, et il le pensait vraiment.

— Te souviens-tu de cette aventure que j'ai eue pendant la

tempête de neige, il y a environ deux ans, après le Nouvel An ?

— Oui. Tu étais piégé dans une auberge, si je me souviens bien. Qu'en est-il ?

— C'était Juliana. Enfin, Mme Sheldon, je veux dire.

Les yeux de Roth s'écarquillèrent.

— Tu m'en diras tant ! s'exclama-t-il, fronçant soudain les sourcils. N'as-tu pas regretté de l'avoir laissée à l'auberge ?

Lucas soupira.

— Si. Je n'ai jamais cessé de penser à elle.

Pas même lorsqu'il avait pris une maîtresse quelques mois plus tard. Il ne pouvait pas s'imaginer faire une telle chose maintenant. Non pas qu'il le ferait. Non, il prendrait plutôt une femme.

Soudain, il se sentit nauséeux. Buvant son brandy d'une traite, il s'en versa un autre.

— Quel est le souci ? s'enquit Roth.

— Je pense qu'il est possible que ce soit ce qui se passe, dit Lucas à voix basse en serrant son verre. Pour répondre à ta question précédente.

— Oh ! Eh bien… Ressent-elle la même chose ?

— Je ne crois pas, répondit Lucas, qui se rendit compte que c'était la source de son anxiété qui lui retournait l'estomac. Elle est satisfaite de son statut de veuve.

— Et tu veux en faire ta vicomtesse.

— Je crois que oui.

— Je t'en prie, sois prudent, lui dit son ami d'un ton sévère. Ne commets pas la même erreur que moi. Sois très clair sur ce que tu veux. Sur ce que tu attends.

— Tu n'aurais vraiment pas épousé Sarah si elle t'avait dit qu'elle ne se mariait avec toi que pour la sécurité et le statut ?

— Non, je ne l'aurais pas épousée, confirma Roth avant de boire du brandy. Puisque tu es déjà en train de tomber amoureux de Mme Sheldon et que tu penses qu'elle ne partage pas tes sentiments, vous devriez probablement régler cette question le plus tôt possible.

— Je ne peux pas être amoureux d'elle, décida Lucas. J'ai passé très peu de temps avec elle il y a deux ans, et cela ne fait que quelques jours que nous nous sommes retrouvés.

Cela n'avait tout simplement aucun sens qu'il éprouve si rapidement une telle passion pour elle. Sauf que… c'était le cas. Il voulait être avec elle à chaque instant. Même maintenant, il brûlait d'envie de la voir.

— As-tu déjà ressenti cela auparavant ? l'interrogea son ami. Je te connais depuis de nombreuses années et je ne me souviens pas t'avoir jamais vu aussi… grisé.

Lucas éclata de rire.

— Qu'est-ce que cela peut bien vouloir dire ?

— Il y a un certain dynamisme dans ta démarche et tu sembles constamment sur le point de sourire, quand tu n'es pas déjà en train de le faire. Ensuite, il y a la question du nombre de fois où tu es en compagnie de Mme Sheldon et des choses qui se passent. Comme… l'embrasser comme tu l'as fait lors de la partie de colin-maillard, avant que vous disparaissiez juste après. Et vous avez à nouveau disparu hier lors de la promenade jusqu'à la rivière.

— Nous n'étions pas les seuls ! remarqua Lucas, même si cela ne constituait ni une défense ni une explication rationnelle. Donc, tout le monde peut voir que je suis un idiot épris ?

— Je ne crois pas que ce soit l'image que tu renvoies. Tu as simplement l'air… heureux.

— Je le suis, et, non, je ne crois pas avoir déjà ressenti cela auparavant.

Sauf lorsqu'il avait fait la rencontre de sa fille âgée d'une semaine. La première fois qu'il avait tenu Alicia dans ses bras, il avait été envahi d'un amour si pur et si vrai qu'il en avait eu mal dans la poitrine. Cela avait été le plus beau jour de sa vie.

Lord Pritchard entra dans la salle de billard.

— Le tournoi de whist va bientôt commencer, si cela vous intéresse, annonça-t-il en s'approchant du buffet alors que Lucas et Roth s'écartaient. Il a fallu que je vienne ici pour le brandy, et je vois que c'est ce que vous buvez. C'est le meilleur de la maison.

Il versa ce qui restait de la bouteille dans un nouveau verre.

— J'espère qu'il y en a encore. Santé !

Il leva son verre et en but une gorgée avant de quitter la pièce à grandes enjambées.

— Je suppose que je vais aller jouer au whist, annonça Roth.

— Tu n'as pas l'air très enthousiaste, observa Lucas.

— Nous partons après-demain, alors si je veux évaluer si Mme Dunthorpe serait une comtesse acceptable, je dois m'atteler à la tâche.

Il termina le reste de son brandy, puis reposa le verre vide sur le buffet.

— Acceptable… Cela semble plutôt barbant. Après ton dernier mariage, j'espère vraiment que tu trouveras une comtesse exaltante et passionnée. Cela ne te semble-t-il pas plus alléchant ?

— Quelqu'un t'a-t-il déjà dit que tu étais bien trop romantique ?

— Ceci venant de la part d'un homme qui était terriblement déçu par la frigidité émotionnelle de sa femme. Je dirais qu'entre hommes romantiques, nous nous reconnaissons, remarqua Lucas en riant.

Roth secoua la tête.

— Tu viens ?

— Je vais t'accompagner et je verrai si j'ai envie de jouer.

— Tu veux dire que tu vas chercher Mme Sheldon, et que, si elle n'est pas là, tu déclineras, répliqua Roth en riant. Tu es incroyablement transparent.

Lucas lui décocha un regard ironique.

— Apparemment, je dois mettre mon âme à nu devant elle.

— Tu m'en remercieras.

— À moins qu'elle ne s'enfuie en courant, horrifiée.

Roth éclata de rire.

— Si c'est le cas, c'est qu'il y a quelque chose que tu ne me dis pas.

Ils quittèrent la salle de billard, et, en arrivant pour le tournoi de whist, Lucas constata que Juliana n'était pas présente. Elle était probablement dans sa chambre ou dans la bibliothèque.

— Sois simplement franc au sujet de tes attentes, suggéra Roth, qui donna une tape sur l'épaule de son ami avant de se diriger vers le salon.

Lucas tourna les talons et se rendit à la bibliothèque. À première vue, Juliana ne semblait pas être là non plus. La déception l'envahit, mais il savait qu'elle serait de courte durée. Il la trouverait. Il commença à se retourner.

— Lucas ?

Pivotant sur lui-même, il parcourut à nouveau l'endroit du regard. Juliana sortit la tête de l'une des alcôves situées sur le côté droit de la pièce. Lucas se dirigea vers elle, oubliant sa déception.

— Je ne t'avais pas vue.

L'alcôve, entre deux étagères, abritait un banc capitonné sur lequel Juliana s'était pelotonnée avec un livre.

— C'est presque privé, dit-elle avec un léger sourire. Presque.

— Tout le monde joue au whist. J'ose espérer que nous aurons toute l'intimité voulue.

Elle referma le livre qu'elle lisait sur son index.

— Serais-tu en train de suggérer quelque chose de scandaleux ?

Elle avait une allure royale avec ses magnifiques cheveux remontés sur sa tête, un peigne en perles niché dans les boucles sombres. La robe ivoire et pêche drapée autour d'elle ressemblait à une délicieuse confiserie.

Lucas se lécha les lèvres alors que son corps était en proie à une intense excitation.

— Il semblerait que je ne puisse pas me trouver en ta présence sans te désirer ardemment. Et lorsque je ne suis pas en ta présence, je réfléchis à la manière d'y remédier.

— Le désir est-il la seule chose qui te motive ? lui demanda-t-elle, se tournant vers lui tout en posant ses pieds sur le sol.

— Pas tout à fait, non. Mon désir pour toi ne se limite pas au physique. Je suis impatient d'être simplement avec toi, affirma-t-il, s'asseyant à côté d'elle. Si tu crains que je ne sois intéressé par toi qu'en raison de notre attirance, sache que c'est bien plus que cela.

Il commençait à peine à réaliser à quel point c'était *plus que cela*.

— Je ne suis pas inquiète, en fait. Je n'aurais pas dû poser la question, dit-elle avec une certaine désinvolture. Nous avons une liaison, il est donc normal et attendu que nous soyons poussés par notre désir physique.

Lucas se tourna vers elle sur le banc, et il dut glisser sa main sous sa cuisse pour s'empêcher de toucher Juliana.

— Je crois que je dois me montrer honnête et te dire que je suis ému par bien plus que le physique lorsqu'il est question de toi. Quand je pense que cette partie de campagne prendra fin après-demain, je me sens presque abattu.

— Ceci venant du Vicomte en fuite qui n'a eu aucun scrupule à m'abandonner.

Il entendit l'humour dans sa voix, mais se demanda si elle en souffrait encore. Peut-être serait-ce toujours le cas. Lucas renonça à essayer de ne pas la toucher et prit sa main libre dans la sienne.

— C'est une chose que je regrette plus que tout ce que j'ai jamais fait. Et je ne veux pas répéter cette erreur. Je préférerais ne pas « prendre la fuite » du tout. J'ai commencé à me dire que nous pourrions avoir plus qu'une liaison temporaire.

Juliana se raidit, sa main se figeant dans celle de Lucas. Puis elle la retira.

— Je te l'ai dit… Je suis heureuse comme je suis. Tu dois trouver une épouse, et ce ne sera pas moi.

— Mais je veux que ce soit toi. Je n'ai jamais ressenti cela pour personne. Je crois que nous pourrions être très heureux ensemble.

Juliana lui adressa un sourire tremblant et posa la main sur sa joue.

— Tu trouveras la femme qu'il te faut, et elle aura beaucoup de chance.

— Pourquoi refuses-tu d'envisager un avenir avec moi ?

— Je t'ai dit que je ne pouvais pas avoir d'enfants. Cela devrait suffire à te convaincre. Je t'ai également expliqué que j'aime ma vie telle qu'elle est. De plus, ta femme devrait être issue de l'aristocratie, n'est-ce pas ?

Les soupçons de Lucas quant à l'absence de réciprocité de ses sentiments semblaient fondés. *Bon sang !* Il ne s'était pas attendu à ce que cela lui fasse aussi atrocement mal.

— Ne ressens-tu donc rien pour moi ? Au-delà du physique…

— Je tiens à toi, mais je ne serai pas ta femme.

— Pas même si je te déclare mon amour ?

Juliana sembla crisper la mâchoire.

— Pas même à ce moment-là. J'espère que tu respecteras ma décision.

— Bien sûr. Mais je suis quand même déçu, murmura-t-il.

Il leva une main vers elle, dans l'intention de lui prendre le menton. Mais il la laissa retomber sur ses genoux.

— Si cela a la moindre importance pour toi, je me fiche que tu ne sois pas issue d'une famille aristocratique, tout comme je ne me soucie pas de savoir si tu peux avoir des enfants ou non.

Il fut surpris de constater que c'était vrai. Après la naissance d'Alicia, il avait éprouvé un besoin désespéré de la garder. Pourrait-il vraiment accepter une vie sans enfants ? Il observa Juliana, et il sut qu'il le pouvait. L'amour, c'était ce qu'il voulait, ce qu'il avait fui jusque-là.

Lucas vit la surprise dans le regard de la jeune femme.

— C'est vrai ?

— Je sais que nous pouvons être heureux.

Et, à un moment donné, si elle acceptait de l'épouser, il lui parlerait de sa fille. Il n'avait jamais avoué son existence à quiconque.

Les traits de Juliana se crispèrent.

— J'aimerais partager ton optimisme.

Sans cela, ils ne pourraient pas avoir d'avenir ensemble. Il se leva.

— Je ne voulais pas faire pression sur toi. Pardonne-moi. Mes parents ont fait un mariage d'amour, tout comme mon frère, et tu m'as donné la certitude que j'aimerais en faire un aussi. Je croyais… *J'espérais* que toi et moi pourrions vivre une telle relation. Bon après-midi.

Il inclina la tête et quitta la bibliothèque.

Au lieu de se réfugier dans sa chambre ou dans un autre endroit désert de la maison, il se dirigea à grands pas vers le salon. S'il se présentait au tournoi de whist sans Juliana, les autres remarqueraient sa présence et l'absence de la jeune femme. Ils se demanderaient si leur liaison était terminée, ce qui était le cas.

La douleur le transperça, mais il la surmonta. Il ne se morfondrait pas, du moins pas ici. Il aurait tout le temps de panser ses blessures après la partie de campagne, au pavillon de chasse de Roth.

CHAPITRE 8

*J*uliana n'était pas allée voir lady Cosford pour demander que Lucas et elle ne soient pas assis l'un à côté de l'autre au dîner. Elle ne voulait pas attirer l'attention sur leur séparation. Ou peut-être avait-elle simplement voulu être près de lui au moins une fois de plus.

Cela avait été une erreur.

Le dîner s'était déroulé lentement et péniblement, alors qu'ils s'efforçaient d'éviter de se parler. Elle n'avait pas l'impression qu'il ait regardé dans sa direction plus d'un instant. À la fin du repas, elle quitta la salle à manger à toute vitesse.

Cependant, avant qu'elle ait pu s'enfuir vers la bibliothèque ou sa chambre, lady Cosford surgit et l'entraîna à l'écart sur le chemin du salon. La conversation fut brève.

Lady Cosford la regarda avec inquiétude.

— Que s'est-il passé entre Audlington et toi ?

Juliana ne voulait pas donner de détails.

— Rien.

Fronçant les sourcils, Cecilia persista.

— À l'évidence, les choses entre vous se sont radicalement refroidies, et rapidement. Je suis navrée de voir cela.

— Ne le sois pas, répondit Juliana avec un sourire radieux. Je crois que tu sais que le vicomte cherche une épouse. Cependant, je ne suis pas à la recherche d'un mari. Nous ne nous convenons tout simplement pas.

— Oh !

Lady Cosford prit un air abattu, comme si elle s'était personnellement investie dans la relation entre Juliana et Lucas.

— Ne sois pas triste, lui dit la jeune femme. Je ne le suis pas. Viens, allons au salon.

Elle n'avait pas vraiment envie d'y aller, mais il fallait qu'elle prouve qu'elle avait toujours le moral. Si lady Cosford avait remarqué leur comportement au dîner, tout le monde avait dû en faire autant.

Ce qui signifiait qu'elle allait devoir endurer la curiosité de ces dames. Juliana but très rapidement son premier verre de sherry et pria aussitôt le valet de pied de la resservir. Elle prit délibérément place sur une chaise à la périphérie de la pièce.

Lady Bradford, comtesse douairière d'une trentaine d'années et mère de trois filles, s'installa sur la chaise la plus proche pour boire son sherry à petites gorgées.

— J'ai du mal à croire que la partie de campagne touche à sa fin, dit-elle pour faire la conversation.

— Mmm.

Juliana dégusta son deuxième verre plus lentement. Elle se rendit compte qu'il serait préférable qu'elle oriente elle-même la conversation.

— Vous êtes-vous amusée ?

La douairière acquiesça.

— Plus que je ne l'avais imaginé, en fait. Et vous ?

— C'est la même chose pour moi, je crois. Ce n'est pas un divertissement typique. Je me sens un peu hors de mon élément avec vous tous.

— Il ne faut pas. Ici, nous sommes tous des amis des Cosford, et c'est un couple vraiment charmant. Ils ne fréquentent que les personnes les plus aimables, ce qui signifie que nous sommes tous estimables et merveilleux.

Juliana rit doucement.

— Quel point de vue positif !

— J'essaie. Il semblerait que vous vous soyez brouillés avec lord Audlington, et j'en suis désolée.

Tendue, Juliana s'efforça de paraître nonchalante.

— Vous avez cette impression ?

Lady Bradford agita sa main libre.

— Je ne voulais pas me montrer intrusive. Pardonnez-moi.

La douairière devait avoir à peu près le même âge que Lucas. Et elle était manifestement capable d'avoir des enfants. Le fait qu'elle n'ait eu que des filles jusqu'à présent ne signifiait pas qu'elle ne pouvait pas lui donner d'héritier.

— Le vicomte est un gentleman absolument charmant, déclara Juliana. Il est à la recherche d'une épouse, si cela vous intéresse.

— J'en déduis que vous n'étiez pas intéressée ?

Juliana secoua la tête avec un léger sourire.

— Je suis confortablement installée.

— Et vous n'avez aucun désir d'être mère ? insista lady Bradford, qui but une gorgée de son sherry. C'est difficile, je l'avoue, mais, d'un autre côté, j'ai trois filles d'un âge très rapproché qui ont tendance à se liguer contre moi. Elles semblent penser qu'elles sont à la limite de l'âge adulte, mais ce n'est assurément pas le cas. Tout cela pour dire que je comprends que l'on ne veuille pas s'embarrasser d'enfants.

Ses joues rondes se colorèrent de rose.

— Bonté divine ! Je donne l'impression d'être un peu froide. J'adore mes filles. Vraiment.

Une douleur pénible se répandit dans le ventre de Juliana.

Elle n'avait jamais pensé que la maternité lui manquait : ce n'était tout simplement pas une chose qu'elle avait envisagée trop sérieusement après avoir échoué à concevoir un enfant. Pourquoi se torturer avec ce qui ne pouvait pas être ?

Elle se rendit compte qu'elle essayait d'adopter la même attitude à l'égard de Lucas. Pourquoi se torturer à éprouver des sentiments pour lui alors qu'il n'y avait pas d'avenir pour eux ?

Ne pas vouloir endurer ce supplice ne signifiait pas que l'émotion n'était pas présente. Elle était là, tapie dans l'ombre. Comme près de deux ans plus tôt, lors de leur rencontre. Elle avait essayé d'ignorer la douleur qu'il lui avait infligée en partant, ou du moins de l'enfouir profondément.

Elle avait peur de reconnaître ses véritables sentiments, et encore plus de les accepter. Peut-être était-elle la Veuve en fuite.

S'obligeant à afficher un faible sourire, elle dit :

— Vos filles ont de la chance de vous avoir. Je vous prie de m'excuser.

Juliana quitta le salon sans un regard en arrière. Ses pensées se mélangeaient dans son esprit, et elle avait la gorge nouée. Elle ne s'arrêta même pas dans la bibliothèque. Au lieu de cela, elle monta dans sa chambre.

Elle y but le reste de son sherry et posa le verre vide sur le bureau. Peut-être pourrait-elle sonner pour qu'on lui monte une bouteille. Cela lui permettrait sûrement de maintenir les émotions à distance.

Il voulait l'épouser !

Elle était venue à cette partie de campagne en quête d'une liaison, mais jamais elle ne se serait attendue à y retrouver l'homme qui lui avait brisé le cœur près de deux ans plus tôt. *Brisé son cœur ?* C'était totalement absurde !

Vraiment ?

Même si elle n'était pas tombée amoureuse de lui au

Pack Horse, et elle n'était pas sûre que ce soit le cas, elle avait ressenti *quelque chose*. Elle avait été conquise par sa façon de traiter les Garrett : il leur avait donné sa chambre et l'avait sans doute payée, il avait accepté d'être une cible pour les boules de neige de leurs enfants. Son abandon ultérieur ne correspondait pas à l'homme qu'elle avait brièvement appris à connaître.

Elle avait balayé cela comme si cela ne lui avait pas fait mal, comme si cela ne *pouvait pas* la blesser. N'était-ce pas ce qu'elle avait fait depuis qu'il s'était avéré que son mariage avec Vincent n'était pas à la hauteur de ses espérances ? Que se passerait-il si elle s'abandonnait à ce qu'elle éprouvait vraiment pour Lucas ? Était-elle prête à admettre qu'elle était tombée amoureuse ?

Rien de tout cela n'avait d'importance. Elle n'avait aucune raison de croire qu'un mariage avec lui ne finirait pas comme son union décevante avec Vincent. En outre, elle ne pouvait pas donner d'héritier à Lucas, et il finirait certainement par lui en vouloir.

Il t'est bien plus facile et moins douloureux de te convaincre de ces choses plutôt que d'affronter la vérité, n'est-ce pas ?

Un sombre sanglot la surprit. Elle se rendit compte que le son était sorti de sa propre bouche. Elle plaqua une main tremblante sur ses lèvres.

À un moment donné, elle avait décidé qu'il valait mieux ne rien espérer, qu'il s'agisse d'amour, de bonheur ou de maternité, parce qu'ainsi, elle ne pourrait pas être blessée ou déçue. Et non, elle n'avait aucune garantie qu'un risque serait payant : son mariage en était la preuve.

Au lieu de sonner pour qu'on lui apporte du sherry, Juliana alla s'asseoir près du feu. Il ne la réchauffa pas, et elle ne s'attendait pas à ce qu'il le fasse. Un vide glacial s'était installé dans ses os, et elle doutait qu'il se dissipe.

La femme de chambre qui s'occupait de Juliana entra.

— Oh ! Je n'avais pas vu que vous étiez là. J'allais préparer le lit. Avez-vous besoin d'aide ?

Juliana se dit que la jeune femme pouvait toujours l'aider à se déshabiller.

— Si cela ne vous dérange pas.

Elle se leva de la chaise, les membres raides, et se dirigea vers son vestiaire.

La femme de chambre resta silencieuse pendant qu'elle débarrassait Juliana de sa robe de soirée et de ses sous-vêtements. Pendant qu'elle enfilait ses vêtements de nuit, la domestique alla ouvrir le lit. Puis elle attisa le feu.

Se sentant plutôt inefficace et pathétique, Juliana fronça les sourcils. Cela ne lui ressemblait pas. Elle ne s'était jamais morfondue. Pas quand elle s'était rendu compte que son mariage était un échec, et certainement pas quand Vincent était décédé.

Elle ne s'était jamais non plus autorisée à ressentir vraiment quelque chose. Il était peut-être temps qu'elle s'y autorise enfin.

— Très bien, grommela-t-elle, comme si elle capitulait devant une force invisible.

— Qu'y a-t-il, madame ? s'enquit la femme de chambre, se tournant devant la cheminée.

— Rien, répondit Juliana avec un vague sourire. Merci de votre aide.

Après le départ de la domestique, Juliana s'approcha du feu et tendit les mains. Elle *pouvait* réchauffer le froid en elle, et elle le ferait. Peut-être même irait-elle demander de l'aide. Il y avait une personne qui savait exactement comment réchauffer chaque partie d'elle.

Elle regarda l'horloge sur le manteau de la cheminée. Il était probablement trop tôt pour que Lucas retourne dans sa chambre, mais cela ne voulait pas dire qu'elle ne pouvait pas aller l'y attendre.

Se sentant encouragée à accepter ses émotions, elle se retourna et se dirigea vers la porte. Elle se figea juste avant de l'ouvrir. Était-ce ce qu'elle voulait vraiment ? Se montrer au grand jour et admettre ce qu'elle éprouvait pour Lucas ?

Si elle attendait, la partie de campagne serait terminée, et ils repartiraient à nouveau chacun de leur côté. Mais, n'avait-il pas affirmé qu'il avait songé à aller la voir à Skipton ? Peut-être la poursuivrait-il.

Non. Elle s'était montrée parfaitement claire quand elle l'avait rejeté. Elle ne pouvait pas attendre de lui qu'il cherche à essuyer un nouveau refus.

C'était à *elle* d'agir.

Juliana ouvrit lentement sa porte et s'assura qu'il n'y ait personne alentour. Se déplaçant rapidement, elle se rendit jusqu'à la chambre de Lucas. Elle entra sans frapper.

Sa chambre était bien plus grande que celle de Juliana, et comportait un vestiaire séparé. C'était sans doute parce qu'il était vicomte.

— Bonsoir, my lord, dit une voix masculine en provenance de la penderie, au moment où le valet de chambre en sortait.

Ses yeux sombres s'écarquillèrent à la vue de Juliana.

— Vous n'êtes pas lord Audlington.

— Non. L'attendez-vous ?

— Il a fait savoir qu'il souhaitait se retirer tôt, expliqua l'homme, qui devait avoir quelques années de moins de Juliana, l'air renfrogné. Je croyais que vous étiez lui.

Elle lui sourit chaleureusement.

— Je vais l'attendre.

Elle avait failli ajouter « si cela ne vous dérange pas », mais elle ne voulait pas avoir de raison de partir. Elle resterait jusqu'à ce qu'elle ait dit ce qu'elle avait à dire. Avant qu'elle puisse s'installer près de la cheminée, la porte s'ouvrit dans son dos. Elle se retourna et vit Lucas, qui l'observait, l'air surpris.

— Juliana.

— J'espère que tu ne m'en voudras pas d'être venue te parler. Je disais justement à ton valet de chambre que j'avais l'intention de t'attendre.

Lucas, sans la quitter des yeux, murmura :

— Je vois, puis il se tourna vers son valet. Merci, Welton. Je me débrouillerai.

Le valet inclina la tête, puis retourna dans le dressing.

— Il reste ? s'enquit Juliana, se disant qu'elle n'avait aucune envie de se mettre à nu devant cet étranger.

— Il y a une porte menant à l'escalier des domestiques, l'informa Lucas, passant devant elle pour jeter un coup d'œil dans la penderie. Il est parti.

Se tournant ensuite face à Juliana, il fronça les sourcils.

— Pourquoi es-tu ici ? Je ne vois pas ce que nous pourrions avoir à dire de plus.

Avait-il vraiment abandonné si facilement ? N'était-ce pas ce qu'elle avait voulu qu'il fasse ? Prenant une profonde inspiration, elle s'avança lentement vers lui.

— Je suis venue te dire que j'avais…, commença-t-elle, puis elle hésita. Non, que *j'ai* peur.

Il fronça les sourcils.

— De quoi ?

Il se tenait dans l'embrasure de la porte du dressing. Elle s'arrêta devant lui.

— J'ai peur que t'épouser finisse par ressembler à mon union avec Vincent. Que tu m'en veuilles de ne pas pouvoir te donner d'héritier. Que le fait de t'aimer, pour finir inévitablement par te perdre, ne me fasse souffrir de manière insupportable.

Le cœur de Juliana martelait sa poitrine comme si elle avait monté trois étages en courant.

De nouveau, Lucas la fixait du regard, l'air profondément choqué. Il ouvrit la bouche, puis la referma. Puis il l'attira dans ses bras et l'embrassa. Une vague de joie submergea Juliana. Elle posa les mains sur son torse, puis les remonta autour de son cou. Comment avait-elle pu tourner le dos à tout cela ? Comment avait-elle pu lui tourner le dos, *à lui* ?

Lucas rompit le baiser et la regarda droit dans les yeux.

— Tu m'aimes ? Parce que moi, je t'aime. *Désespérément.*

— Oui, je t'aime. Je ne le voulais pas. J'ai *essayé* de ne pas t'aimer.

— Parce que tu as peur, dit-il, lui caressant la joue. Tu ne me perdras pas. Je t'en prie, ne crains pas que je te quitte à nouveau. Je ne le ferai pas.

Elle le croyait, tout comme elle croyait qu'il avait essayé de lui laisser un message.

— Je sais. Simplement… Et si ce n'était pas réel ?

Lucas la dévisageait toujours, le regard intense.

— Je refuse de l'envisager. Rien ne m'a jamais semblé plus authentique que l'amour que j'éprouve pour toi.

— Ressentiras-tu encore la même chose quand je serai incapable de te donner un héritier ? murmura-t-elle, l'angoisse lui obstruant la gorge.

Il prit son visage entre ses mains.

— Mon très cher amour. Je ressentirai cela jusqu'à la fin des temps. Je ne saurais exprimer à quel point tu m'as profondément affecté ni la profondeur des sentiments que j'éprouve pour toi. Si ton mari t'a parlé ainsi pour ensuite se désintéresser de toi, ne me le dis pas. Je n'arrive pas à croire que cela soit possible.

— Il ne l'a pas fait. Et je ne lui ai pas non plus dit que je l'aimais. Nous disions des choses comme « je t'adore » ou « tu me rends tellement heureux », mais jamais nous n'avons exprimé d'amour.

Sans doute parce qu'ils n'en avaient jamais ressenti.

Juliana caressa le cou de Lucas, puis posa les mains sur la peau au-dessus de son col.

— Quand je suis montée, je me suis rendu compte que je ne pouvais pas être sans toi. Plus important encore, j'ai fini par admettre mes appréhensions. Je ne pensais pas pouvoir mettre mon cœur en jeu, mais c'était cela ou le laisser se briser irrémédiablement.

— Je te promets de protéger ton cœur de tout mon être. Accepterais-tu de me le confier et de devenir ma femme ?

Juliana laissa échapper une respiration tremblante, puis sa poitrine se gonfla.

— Oui !

En riant, il la souleva et la fit tournoyer avant de la reposer et de l'embrasser à nouveau.

— Tu fais de moi l'homme le plus heureux du monde. J'avais l'intention de partir dans la matinée. Je ne pouvais pas supporter d'être près de toi en sachant que nous devions nous séparer.

— Je suis désolée de t'avoir fait subir cela. Et je ne peux pas te promettre que je ne m'inquiéterai pas à l'idée que ce soit éphémère.

— Ce ne sera pas le cas. Je t'en ferai *la promesse.*

Elle ne pensait pas vraiment qu'il puisse le faire, mais elle appréciait qu'il le veuille. Le comparer à Vincent n'était pas juste ; elle ne recommencerait pas. Juste ciel ! Elle allait devenir vicomtesse !

— Je ne connais absolument rien à la pairie.

Lucas haussa une épaule.

— Tu me connais. Plutôt bien, je dirais.

— Mais, qu'en est-il de tes parents ? De ton frère ? Et s'ils ne m'aiment pas ? Et si la bonne société me déteste ?

Oh, mon Dieu ! Elle allait devoir passer la saison à Londres. Son futur mari était un membre du Parlement ! Il y aurait probablement toutes sortes d'exigences sociales.

Juliana commença à se sentir dépassée. Elle se dégagea de son étreinte et alla s'asseoir sur le bord du lit. Lucas la rejoignit et s'agenouilla devant elle, prenant sa main dans la sienne.

— Ma famille t'aimera autant que je t'aime, affirma-t-il, puis il inclina la tête d'un côté à l'autre. Peut-être *pas* autant… ce qui est pour le mieux. Mes parents seront fous de joie que je me marie. Tu pourrais aussi bien être un arbre en pot, ils seraient tout aussi ravis.

Juliana éclata de rire.

— Voilà qui n'est pas particulièrement flatteur.

Lucas grimaça, puis secoua la tête.

— Non, c'est vrai. Je veux seulement dire que qui tu es ne sera pas aussi important que le fait que tu existes, tout simplement, que j'aie enfin trouvé l'amour.

— L'amour… pas seulement une épouse ?

— La seconde était une exigence, mais le premier, c'était ce qu'ils espéraient, je crois. J'ai vraiment hâte que tu les rencontres. Ainsi que mon frère et sa femme.

Juliana espérait que les présentations se passeraient aussi bien qu'il le pensait.

— J'avoue me sentir dépassée.

— Une fois que tu auras rencontré ma mère, tu seras instantanément soulagée. Elle te guidera chaque fois que tu lui demanderas conseil. Et la bonne société sera en admiration devant ton raffinement et ta finesse d'esprit. Je n'ai aucun doute : tu feras une merveilleuse vicomtesse. En fait, je n'ai jamais rencontré quelqu'un à qui je souhaitais confier ce rôle auparavant. Apparemment, je t'attendais pour le remplir à la perfection.

Juliana éclata de rire à nouveau.

— *Ça*, c'est flatteur. Au fait, que fais-tu là, en bas ? s'enquit-elle en lui tirant sur la main. Ne vois-tu pas que je suis prête à aller au lit ? Et... tu portes beaucoup trop de vêtements.

— Je le vois bien, affirma-t-il d'un ton doux, en faisant glisser sa main libre le long de sa jambe nue, sous sa robe de chambre et sa chemise de nuit.

Lucas caressa l'intérieur du genou de Juliana, puis sa cuisse, la faisant haleter doucement. Il remonta plus haut encore, et elle écarta les jambes pour qu'il l'explore. Lorsqu'il atteignit son sexe, il caressa sa chair, plongeant le bout de son doigt en elle.

— Et je sens que tu es humide. Mmm... voilà qui me semble soudain l'endroit idéal pour moi, murmura-t-il, lâchant la main de Juliana. Je crois que mes deux mains sont nécessaires. Ainsi que ma bouche.

Il remonta les vêtements de sa future vicomtesse, et elle se hâta de détacher sa robe de chambre, puis de dégager ses bras du vêtement. À ce moment-là, sa chemise de nuit était remontée autour de sa taille, et Lucas avait écarté ses cuisses pour exposer son sexe.

Juliana glissa les doigts dans les cheveux de Lucas.

— Donne le pire de toi-même.

Lucas enfouit la tête entre ses jambes, son souffle la caressant et l'excitant.

— Au contraire, mon amour, je vais te donner absolument tout ce qu'il y a de meilleur en moi.

CHAPITRE 9

*A*près avoir raccompagné Juliana dans sa chambre juste avant l'aube, Lucas était resté éveillé dans son lit, trop heureux pour dormir. Il n'arrivait pas à croire qu'il était fiancé. En fait, c'était plutôt qu'il n'arrivait pas à croire qu'il était enfin tombé amoureux. Et qu'il était aimé en retour.

C'était ce qu'il avait connu en grandissant : l'amour de ses parents. Ensuite, son frère était tombé éperdument amoureux de sa femme. Lucas s'était persuadé que cela ne lui arriverait pas. Sans doute que lui aussi, comme Juliana, avait eu peur. C'était difficile de se montrer à la hauteur des succès de sa famille en matière d'amour et de mariage.

Il était impatient de leur présenter Juliana. Mais ils allaient d'abord rendre visite aux parents de Juliana pour qu'il puisse les rencontrer, après quoi ils iraient chercher son cheval et divers effets personnels chez elle, à Skipton, et ils feraient le nécessaire pour que le reste de ses affaires soit envoyé à Northwich. Une fois là, elle rencontrerait sa famille, et, plus important encore, les bans seraient lus.

Même s'il avait essayé de rassurer Juliana sur le fait de devenir sa femme, il devait admettre qu'il appréhendait un peu la réaction de son père. Sa mère serait transportée de joie qu'il soit tombé amoureux, mais son père gardait sans doute l'espoir que Lucas épouserait quelqu'un d'avantageux, comme la fille du marquis de Hartley, vers laquelle il le poussait depuis des mois. Elle était de plus de dix ans la cadette de Lucas et semblait avoir peur de son ombre. Du moins, c'était ce qu'avait dit la belle-sœur de Lucas, qui connaissait la sœur de la jeune femme.

Il y avait une manière de s'assurer que son père accueillerait Juliana à bras ouverts. Lucas pourrait lui parler d'Alicia. Il serait tellement contrarié que Lucas ait engendré un enfant illégitime, chose contre laquelle il l'avait mis en garde depuis qu'il l'avait jugé débauché plus de dix ans auparavant, qu'il trouverait du réconfort dans le fait que son fils allait au moins se marier.

Welton termina de nouer la cravate de Lucas et recula.

— Vous avez l'air d'un homme prêt à annoncer ses fiançailles, my lord.

Lucas avait informé Welton de cette nouvelle le matin même, lorsque le valet de chambre était venu le préparer pour le petit déjeuner.

— Merci. Et j'apprécie votre discrétion concernant la façon dont Mme Sheldon et moi-même avons passé nos nuits au cours de cette partie de campagne.

— Je n'ai pas dit un mot, my lord, bien que l'on m'ait posé des questions, lui répondit le valet avec un clin d'œil tandis qu'il rangeait le dressing.

— C'est pourquoi vous êtes un merveilleux valet.

Lucas lui donna une tape sur l'épaule avant de prendre congé. Sifflant doucement, il se dirigea vers la chambre de Juliana.

En arrivant, il frappa à sa porte et se tut tandis qu'un

sourire se dessinait sur ses lèvres. Elle l'accueillit également avec le sourire.

— Bonjour. Tu as l'air plus reposé que tu ne l'es vraiment, je le sais.

Le sourire de Lucas s'élargit.

— Je pense que c'est la joie qui fait ça. Je me *sens* plus reposé que je ne le devrais.

Juliana bâilla.

— Pas moi ! J'ai à peine dormi après avoir regagné ma chambre, l'informa-t-elle, puis elle referma la porte et lui prit le bras.

Ils prirent la direction des escaliers.

— Je n'ai pas fermé l'œil, annonça Lucas d'un ton joyeux. J'étais trop exalté.

— Eh bien ! Nous dormirons beaucoup lorsque nous rendrons visite à mes parents, car nous ne partagerons pas le même lit.

— Je peux toujours m'introduire dans ta chambre, murmura-t-il, se penchant près de son oreille.

Elle le regarda, les yeux écarquillés.

— Absolument pas sous le nez de mes parents ! Tu devras bien te comporter. Sinon, je te ferai séjourner dans une auberge.

— Ce n'est pas drôle ! soupira-t-il alors qu'ils atteignaient le bas des marches.

Marquant une pause, Juliana se tourna légèrement vers lui.

— Sais-tu ce qui serait amusant ? Si nous permettions à lord et lady Cosford d'annoncer les fiançailles. Il s'avère que cette partie de campagne, qu'ils ont organisée uniquement dans le but de jouer les entremetteurs, est un grand succès.

— Quelle idée inspirée ! Allons le leur dire.

Ils trouvèrent leurs hôtes à l'extérieur de la salle à manger et les entraînèrent à l'écart pour leur annoncer la nouvelle. Cecilia Cosford était absolument ravie.

— Un autre couple ! s'exclama-t-elle.

Lucas et Juliana échangèrent un regard surpris.

— Quelqu'un d'autre s'est-il fiancé ? s'enquit Juliana.

— Pas cette année, mais le duc de Warrington a trouvé sa femme ici à l'automne dernier, expliqua leur hôtesse en souriant. Ils forment un couple magnifique, et j'espérais vraiment qu'ils seraient présents cette année, mais ils viennent d'accueillir leur premier enfant.

Cosford se tourna vers Lucas.

— Vous voulez vraiment que j'annonce vos fiançailles ?

— Exact, répondit Lucas, jetant un regard à sa magnifique future femme.

— Alors, allons-y ! s'exclama Cosford en leur faisant signe de les précéder, lady Cosford et lui.

Alors que Lucas escortait Juliana dans la salle à manger, les conversations commencèrent à faiblir. Puis elles reprirent, peut-être même plus fort qu'avant. Après avoir rempli leurs assiettes au buffet, Lucas et Juliana passèrent à table, où ils s'assirent ensemble. Au cours du quart d'heure suivant, les autres invités affluèrent : apparemment, ce petit déjeuner allait être très fréquenté.

Une fois tout le monde assis, Cosford haussa un sourcil en regardant Lucas, et mima :

« Maintenant ? »

Ce dernier acquiesça d'un signe de tête. Leur hôte, assis en bout de table, se leva.

— J'ai le plaisir de faire une annonce ce matin, commença-t-il, puis, regardant sur sa gauche, il sourit à Lucas et Juliana. J'ai l'insigne honneur de vous faire part des fiançailles de lord Audlington et de Mme Sheldon !

Lucas prit la main de Juliana sous la table et la serra doucement. Elle lui sourit. Il se demanda alors comment il était possible que chaque instant soit meilleur que le précédent. Des applaudissements et des cris de joie s'élevèrent autour de la table. Rotherham leva son verre.

— Un toast aux fiancés !

Tout le monde leva son verre en criant « hourra ».

Plusieurs des femmes se levèrent d'un bond et entourèrent Juliana. Les gentlemen à la table échangèrent de l'argent entre eux pour régler les paris, poussant Cosford à froncer les sourcils.

Après quelques minutes, les choses se calmèrent, et les fiancés purent se lever pour poursuivre leur petit déjeuner.

— Ce fut une belle réaction, remarqua Lucas. Les femmes ont-elles fait des paris pour savoir qui se fiancerait ?

— Oh, oui ! Elles régleront leurs dettes plus tard.

— Les hommes n'ont pas été aussi discrets, dit-il.

Ils se rassirent ensemble, et, quelques minutes plus tard, un valet de pied entra avec des coupes de champagne sur un plateau, qu'il distribua autour de la table. Les conversations reprirent bon train, et Juliana rougit.

— C'est très gentil de la part de Cosford, remarqua-t-elle.

Lucas lui tendit un verre avant de prendre le sien. Leur hôte se leva à nouveau en bout de table et leur sourit. Levant son verre, il s'exclama :

— Portons un toast au vicomte Audlington et à sa future vicomtesse !

— Hourra !

— Bravo !

Tout le monde leva sa coupe avant de boire. Plusieurs autres toasts s'ensuivirent, et les verres se vidèrent rapidement. Les valets de pied se hâtèrent de les remplir à nouveau. À la fin des toasts, Cosford se leva une nouvelle fois pour annoncer qu'un pique-nique serait organisé dans l'après-midi, suivi du bal qui clôturerait officiellement la partie de campagne.

— Un dernier mot. Je vous avais demandé de ne pas parier sur les issues romantiques de cette partie de campagne. De toute évidence, ma requête a été ignorée. Je vous implore de poursuivre vos activités en privé.

Il leva les yeux au ciel de manière exagérée, puis but son champagne avant de se rasseoir.

— Tu ne crois pas qu'il soit vraiment en colère ? s'enquit Juliana.

Lucas secoua la tête.

— Pas du tout. Mais les hommes pourraient s'inspirer des femmes : prudence est mère de sûreté.

À mesure que le repas avançait, Lucas pensait à l'avenir avec Juliana, aux petits déjeuners qu'ils partageraient et aux journées qu'ils passeraient ensemble. Pendant la saison, ils vivraient dans sa maison de Londres, mais qu'en serait-il des autres périodes de l'année ? Northwich Hall était grand, mais peut-être voudrait-elle avoir sa propre maison à gérer. Le père de Lucas possédait plusieurs domaines, dont l'un était habité par son jeune frère, avec sa famille grandissante.

Il jeta un coup d'œil à Juliana. Ne pouvait-elle vraiment pas avoir d'enfants ? Il serait extrêmement arrogant de sa part de penser qu'il pourrait avoir des enfants avec elle alors que d'autres hommes avaient échoué. Et il savait qu'il *pouvait* en engendrer…

Une image de sa fille surgit dans son esprit. Il l'avait vue exactement deux fois depuis sa naissance au printemps précédent.

Il devait parler d'elle à Juliana, et il le ferait. Dès qu'ils quitteraient la partie de campagne le lendemain. Il espérait qu'elle comprendrait son besoin de voir Alicia au moins deux fois par an, ce dont lui et Caroline, sa mère, avaient convenu, ainsi que sa promesse de toujours prendre soin d'elles. Il payait leur maison à Manchester, ainsi que les services d'une nourrice et d'une intendante pour les aider.

Une fois que Juliana et lui seraient mariés, il écrirait à Caroline pour lui demander s'il pouvait emmener Juliana rencontrer Alicia. Il attendait ces présentations avec impatience, et il espérait que sa future femme aimerait sa fille autant que lui l'aimait.

— Lucas ? l'appela Juliana, prononçant son nom doucement, son regard inquisiteur le tirant de sa rêverie. Où es-tu parti ?

— Je pensais à notre merveilleux avenir ensemble, lui dit-il, regrettant presque que la partie de campagne ne se termine pas tout de suite. Je suis impatient qu'il commence.

~

*J*uliana s'étira en s'asseyant dans le lit, ses membres délicieusement fatigués après avoir batifolé dans son lit avec Lucas jusqu'au milieu de la nuit. Ils passeraient celle du lendemain dans une auberge, avant de rejoindre le jour suivant la maison des parents de la jeune femme à Leeds. Lucas avait insisté pour qu'ils logent en tant que lord et lady Audlington. Elle n'avait pas protesté.

La femme de chambre entra quelques minutes plus tard. Elle vint directement au chevet de Juliana et lui dit bonjour.

— J'ai un message pour vous.

Elle tendit à Juliana un morceau de parchemin plié. Ouvrant la missive, Juliana parcourut le court message, rédigé à la hâte.

>   *Mon amour,*
>   *Je suis sincèrement navré de te quitter à nouveau, mais je dois faire face à une grave urgence. Je te promets que je ne t'abandonne pas, et que je t'expliquerai tout lorsque nous nous*

reverrons. Sache que je t'aime. Je viendrai te retrouver à
Skipton dès que je le pourrai.

    Tendrement,

    Lucas

Il l'avait *encore* quittée ?

Au moins, cette fois-ci, il avait pris soin d'écrire un mot. Mais sans explication. Que diable pouvait-il y avoir de si grave pour qu'il doive partir sans la voir, et qu'il ne puisse pas s'expliquer ? Un membre de sa famille était-il malade ? Il aurait certainement pu le lui dire. Que ne lui disait-il pas ? Pourquoi ne lui avait-il pas dit où il était parti ? Et pourquoi prévoyait-il de la retrouver à Skipton au lieu de Leeds, où ils avaient prévu de se rendre ensuite ? Peut-être ne voulait-il pas rencontrer ses parents, finalement. Parce qu'il avait changé d'avis. Allait-il se dédire ?

La frustration et la colère le disputaient à l'inquiétude, tandis qu'elle endurait le rituel de la toilette aux mains de la domestique.

Dès qu'elle fut prête, elle descendit en hâte et trouva Cecilia dans la salle à manger. Affichant un sourire fragile, Juliana demanda à leur hôtesse si elle pouvait lui dire un mot.

— Bien sûr.

Cecilia se leva de table et conduisit Juliana de la salle à manger à la salle de petit déjeuner destinée aux repas familiaux.

— Je suis désolée d'interrompre ton repas, lui dit-elle, joignant les mains.

— Tu as l'air contrariée, lui dit Cecilia. Que s'est-il passé ?

— Audlington est parti, et je ne sais pas où il est allé.

Cecilia inspira brusquement.

— Il ne t'a pas avertie ?

— Il a laissé un message très court et plutôt vague. Je me suis demandé si quelqu'un de la maisonnée saurait où il est parti. Peut-être les cochers ou les palefreniers ont-ils discuté de sa destination ?

Et que ferait Juliana si elle la découvrait ? Le suivrait-elle ? Que pourrait-il en résulter ?

— En fait, peu importe, ajouta Juliana d'un ton calme, ignorant le tumulte d'émotions qui l'envahissait.

Elle avait été idiote de se laisser aller à ces sentiments. Elle voulait juste enfermer tout cela derrière une porte verrouillée, puis cacher la clé là où elle ne la trouverait jamais.

— En es-tu certaine ? lui demanda Cecilia, fronçant les sourcils. Je suis certaine que nous pouvons le retrouver.

— Ce n'est pas nécessaire. Il a dit qu'il viendrait me voir pour m'expliquer.

— Ici ? Tu peux rester aussi longtemps que tu le souhaites.

Juliana voulait prendre la route de Skipton le plus rapidement possible.

— Non, merci. Mais j'apprécie ton hospitalité.

Les traits de Cecilia restaient marqués par son désarroi.

— Vous allez toujours vous marier, n'est-ce pas ?

— Je crois bien que oui.

Mais, au fil des heures et des jours, le doute de Juliana grandirait.

— Viens, nous allons te préparer un petit déjeuner, suggéra Cecilia avec un sourire chaleureux.

Juliana appréciait sincèrement la gentillesse et l'amitié de cette femme.

— Merci, mais je crois que je vais monter faire mes valises.

— Puis-je te faire monter à manger ? proposa Cecilia.

Bien qu'elle n'ait pas très faim, Juliana ne voulait pas refuser.

— Juste une petite assiette. Merci.

Cecilia l'étreignit brièvement et déposa un baiser sur sa joue.

— Tout ira bien. J'ai vu à quel point Audlington est épris de toi… Tout le monde l'a vu. Votre amour me rappelle quand je suis tombée amoureuse de Cosford.

Juliana lui adressa un petit sourire.

— Dans quelle mesure ?

— Vous sembliez en conflit au début de la fête, mais vous êtes tombés amoureux avant la fin. Cosford et moi avons participé à une fête de Noël avec nos parents il y a des années. Ils voulaient jouer les entremetteurs, mais nous nous détestions depuis une fête qui avait eu lieu cinq ans plus tôt. Nous étions ennemis au début, mais amants à la fin, raconta Cecilia, avant de baisser la voix jusqu'à un murmure à peine audible. Littéralement, parce que nous avons été piégés dans le cottage d'un bûcheron pendant la nuit. Heureusement que nous sommes tombés amoureux, car nous aurions été obligés de nous marier de toute façon.

— C'est tout à fait heureux.

Juliana n'arrivait pas à imaginer être contrainte d'épouser quelqu'un qu'elle n'aimait pas.

— C'est vrai, confirma Cecilia, de la joie dans le regard. Je vais te faire porter une assiette.

— Merci.

Avant de remonter faire ses valises, Juliana alla trouver le majordome, et lui demanda de faire préparer sa berline.

— Je partirai dans une heure.

— Certainement, madame. J'envoie immédiatement un message aux écuries. Je suis navré que lord Audlington ait dû partir si tôt.

Incapable de résister à la tentation de demander plus d'informations si elles étaient disponibles, elle s'enquit :

— Savez-vous quelle heure il était ?

— Juste après l'aube. Il a emprunté un cheval, et sa berline a suivi peu de temps après.

— Savez-vous où il est allé ?

Non, elle ne voulait pas le savoir ! Sauf que… si, elle en avait envie.

— Je ne sais pas, mais je peux demander au palefrenier en chef, si vous le souhaitez.

Pour qu'elle puisse ensuite se torturer avec cette information sans pouvoir y faire quoi que ce soit ?

— Ce ne sera pas nécessaire. Merci, Vernon. Vous dirigez une excellente maisonnée. Ma femme de chambre a été remarquable.

— Je suis ravi de l'apprendre. Merci, madame.

Juliana remonta dans sa chambre et entreprit de faire ses valises. Elle passerait une nuit sur la route, après quoi elle serait de retour dans son lit la nuit suivante. Plus important encore, elle retrouverait sa jument le matin d'après. L'idée de retourner à sa routine commença à apaiser le tumulte d'émotions que Lucas avait provoqué en elle. Elle était impatiente de s'en libérer définitivement, tout comme du Vicomte en fuite.

CHAPITRE 10

*U*ne semaine plus tard, après une promenade revigorante et merveilleuse sur Clio, Juliana buvait une tasse de son thé préféré, dans son fauteuil préféré, dans sa pièce préférée de son petit cottage. La bibliothèque était la deuxième plus grande pièce du rez-de-chaussée, après sa salle de réception, mais cela ne signifiait pas qu'elle était vaste. Non, elle était modeste et confortable, avec des étagères remplies de livres et des fenêtres offrant trois vues différentes, puisqu'elles lui permettaient de voir l'avant, le côté et l'arrière de la maison.

— Bonjour, madame Holloway, dit la voix grave de son beau-frère, Lowther Sheldon, dans le hall d'entrée.

L'intendante essaya de lui dire que Juliana ne recevait pas, mais en vain. Lowther fit irruption dans la bibliothèque, son chapeau à la main.

— Bonjour, Juliana, dit-il en passant le dos de sa main sur son front large et brillant.

Sa chevelure blonde avait reculé de plusieurs centimètres.

— Bonjour, Lowther, murmura-t-elle avant de prendre

une nouvelle gorgée de thé. J'étais sur le point d'aller me promener.

Ce n'était pas vrai, mais elle parcourrait volontiers les trois kilomètres qui la séparaient de la ville si cela signifiait qu'il s'en irait.

— Je ne resterai pas longtemps, affirma-t-il en s'asseyant sur le canapé près du fauteuil de Juliana.

— Fantastique.

Elle se demandait quand il en viendrait au fait. Il avait toujours une raison de lui rendre visite. Souvent, il chantait les louanges de son meilleur ami, Piers Clementson, qui essayait de courtiser Juliana depuis près de trois ans maintenant.

— Vous êtes-vous remise de la partie de campagne ? s'enquit Lowther en s'adossant au canapé, signe que sa visite ne serait pas aussi brève qu'il l'avait annoncé.

— Absolument.

Juliana n'arrivait pas encore à se convaincre qu'elle n'avait éprouvé que du désir pour Lucas, mais elle y travaillait très dur.

— Parfait. J'ai invité Piers à dîner demain soir et vous devez vous joindre à nous.

Juliana lui adressa un sourire terne.

— J'ai bien peur de ne pas pouvoir. Je dîne déjà avec l'une de mes amies.

Là encore, c'était faux, mais elle ferait des projets dès qu'il serait parti. Lowther se renfrogna, ses lèvres minces disparaissant pratiquement.

— Le soir d'après, alors.

— C'est le jour où je joue aux cartes.

C'était vrai.

— Vous êtes bien trop occupée, affirma-t-il, laissant éclater un rire faux qui irrita les oreilles de la jeune femme.

Alors, le soir suivant, et je n'accepterai pas de réponse
négative.

Avant la partie de campagne, Juliana aurait capitulé, se
forçant à souffrir d'une soirée écourtée à la maison principale : elle se serait retirée plus tôt à cause d'un mal de tête.
Cependant, après avoir eu l'impression d'être prise pour une
idiote une seconde fois, elle avait décidé de faire exactement
ce qu'elle voulait, quand elle le voulait. Et elle ne voulait *pas*
dîner avec Lowther ou son ami. Pour être honnête, elle
aimait tout de sa situation dans la vie, sauf la proximité de
son beau-frère odieux et envahissant.

— Non, Lowther, dit-elle fermement. Je ne viendrai pas
dîner avec vous et M. Clementson. Vous ne cessez d'essayer
de jouer les entremetteurs entre nous, et je dois vous informer, *une fois encore*, que je n'ai aucune envie de me marier
avec lui ou avec qui que ce soit d'autre. Vous devez arrêter de
vous mêler de ce qui ne vous regarde pas, et vous ne pouvez
plus faire irruption dans ma maison sans y avoir été invité.

Elle se leva de son fauteuil et redressa sa colonne
vertébrale.

— S'il vous plaît, allez-vous-en que je puisse faire ma
promenade.

Lowther leva les yeux vers elle, la mâchoire crispée. Il
ouvrit la bouche, puis la referma. Finalement il se leva.

— Il n'y a pas lieu de vous montrer impolie.

— Je ne suis pas impolie. Je suis claire. Du moins, je l'espère. Comprenez-vous que vous ne devez plus entrer dans
ma maison sans y avoir été invité ?

Il la regarda, bouche bée.

— Répondez-moi, s'il vous plaît.

— Oui.

Elle aurait presque pu entendre ses dents grincer.

— Et comprenez-vous que je ne souhaite pas épouser

M. Clementson, et que vous devez cesser vos efforts pour nous mettre en couple ?

— Je suppose, marmonna-t-il.

— S'il vous plaît, dites que vous comprenez, Lowther.

Elle parlait fort, mais ne criait pas. Ce qui était difficile, car elle avait envie de hurler et d'utiliser des mots peu flatteurs.

— Je comprends que vous ne souhaitez pas épouser Piers. Il sera dévasté.

— Je pense qu'il s'en remettra.

Juliana était consciente que le seul intérêt de Piers à son égard résidait dans la somme que le frère de Lowther lui avait léguée. Elle possédait un intérêt dans le domaine, et le mariage avec Piers le lui transmettrait.

— Vous commettez une grave erreur. Vincent voudrait que vous soyez heureuse, et Piers pourrait faire cela pour vous.

Juliana ne prit pas la peine de lui expliquer que Vincent savait que lui laisser une pension pour qu'elle puisse être indépendante la rendrait heureuse, et non pas épouser quelqu'un qu'elle n'aimait pas. Elle aurait aimé pouvoir le remercier d'avoir eu la prévenance de veiller à ce qu'elle puisse mener la vie qu'elle souhaitait, avec la liberté de faire ses propres choix.

— Vous souriez ! s'exclama Lowther d'un ton accusateur. Vous *savez* que Piers vous rendrait heureuse. Ah !

— Je devrais m'abstenir de vous dire que j'étais en train d'imaginer Vincent riant de votre proposition. S'il a veillé à ce que je bénéficie d'une rente confortable, c'est précisément pour que je sois libre de rester célibataire.

Il le lui avait dit avant de mourir, et, en toute honnêteté, elle se demandait s'il ne l'avait pas aimée au moins un peu, bien qu'il ne l'ait jamais dit. Ou peut-être Vincent savait-il que son frère serait un véritable boulet pour elle, et il voulait s'assurer qu'elle pourrait s'opposer à lui. Dans tous les cas, à cet instant, elle était très reconnaissante envers son défunt mari.

Lowther bafouilla.

— Vincent n'aurait jamais ri de la suggestion de vous remarier.

Juliana lui montra la porte.

— Il est temps pour vous de partir, Lowther. Vous avez dit que vous ne resteriez pas longtemps, et vous êtes très proche de… longtemps.

Se renfrognant, il se dirigea vers la porte de la bibliothèque et tenta de se retourner vers elle. Mais Juliana lui adressa un sourire crispé juste avant de lui claquer la porte au nez.

Elle l'entendit marmonner au sujet de son ingratitude et de son indépendance offensante avant que la porte principale se referme. Entrouvrant à peine la porte de la bibliothèque, Juliana regarda si Mme Holloway se trouvait dans le hall d'entrée.

L'intendante, qui était également la femme de chambre de Juliana, était une femme très ordonnée d'une cinquantaine d'années. Elle se tenait au milieu du hall d'entrée, les lèvres pincées. Elle lui adressa un signe de tête avant de tourner les talons et de repartir vers l'arrière de la maison, où elle se rendrait sans doute à la cuisine pour aider la cuisinière à préparer le dîner. Ou, plus probablement, elle boirait une tasse de thé en racontant à la cuisinière ce qui s'était passé avec Lowther. Cela fit sourire Juliana, car ce n'étaient pas tant des ragots qu'une manifestation de soutien envers elle.

Quelqu'un frappa à la porte d'entrée.

— Ce maudit crétin ne sait pas que le mieux est l'ennemi du bien ! marmonna-t-elle en traversant le hall à grands pas.

Juliana ouvrit la porte à la volée, prête à passer un nouveau savon à Lowther. Mais ce n'était pas son beau-frère.

Sa colère ne s'apaisa pas pour autant. Au contraire, elle brûla plus fort.

Croisant les bras, elle lança un regard noir au nouvel arrivant.

— Eh bien, si ce n'est pas le *Vicomte en fuite* !

~

L'impatience et l'angoisse qui assaillaient Lucas se heurtèrent directement au dédain glacial de Juliana.

Il savait qu'elle serait en colère, et il ne lui en voulait pas. Il avait sans doute aussi espéré qu'elle serait un tout petit peu contente de le voir.

De toute évidence, ce n'était *pas* le cas.

— Je le mérite, dit-il d'un ton égal. Cependant, je t'ai laissé un mot, cette fois-ci.

— Le résultat est le même.

Son ton était froid. Dépourvu de passion.

— Tu es parti, ajouta-t-elle.

— Pour une très bonne raison.

— Que tu as été inexplicablement incapable de préciser dans ta note. Tu ne m'as pas non plus réveillée pour tout me raconter en personne.

— Je devais partir immédiatement. La situation était critique, affirma-t-il.

Le cœur de Lucas se tordit lorsqu'il se souvint du déses- poir qu'il avait ressenti lorsqu'il avait reçu la missive mati- nale apportant des nouvelles absolument inimaginables.

— J'ai emprunté un cheval à Cosford pour pouvoir partir sur-le-champ.

Il avait à peine pris le temps de s'habiller. Sa cravate s'était dénouée dès qu'il avait mis le cheval au galop.

— J'en suis consciente, soupira-t-elle. Lucas, pourquoi es- tu ici ?

Il cligna des yeux.

— Je t'ai dit que je viendrais. Je n'ai jamais eu l'intention de te quitter. Nous sommes fiancés. Je t'aime.

Était-il possible qu'elle ait cessé de l'aimer en l'espace d'une semaine ? Elle haussa l'un de ses sourcils sombres.

— Devons-nous reprendre là où nous en étions quand tu m'as abandonnée une deuxième fois ?

Son sarcasme lui rappelait son comportement lorsqu'ils s'étaient retrouvés à la partie de campagne, à peine quinze jours plus tôt. Peut-être avait-elle l'intention de le torturer à nouveau.

— Quelle que soit la punition que tu souhaiteras m'infliger, mon amour, je l'endurerai, mais permets-moi de t'expliquer, je t'en prie. Il y a quelque chose dont j'avais prévu de te parler dès que nous aurions quitté la partie de campagne. Peut-être aurais-je dû te le révéler plus tôt, lui dit Lucas, puis il déglutit et lui avoua le reste, sa peur. Je craignais que tu ne sois contrariée. Ou pire. Que tu changes d'avis à mon sujet.

Juliana décroisa les bras, et son front se plissa.

— Je ne vois rien qui aurait pu me faire changer d'avis. À part te voir t'enfuir à nouveau. Ce qui est précisément ce que tu as fait. J'attends toujours d'en connaître la raison.

— Ce serait sans doute mieux si je te montrais.

Lucas serra et desserra les mains en repartant vers sa berline. Il ouvrit la portière et vit sa fille endormie sur les genoux de la nourrice.

— Je voudrais l'amener à l'intérieur, mais je ne voudrais pas la déranger.

— Tout va bien, my lord. Elle s'agite. Je pense qu'elle est sur le point de se réveiller. Voulez-vous que je l'amène ?

— J'aimerais la prendre, si c'est possible.

— Bien sûr, répondit la nourrice, une aimable femme d'une quarantaine d'années, avec un sourire chaleureux. C'est votre fille.

Il était encore en train de s'y habituer. Savoir qu'il avait une fille et passer du temps avec elle étaient deux choses différentes.

La nourrice confia Alicia à Lucas.

— Dois-je vous suivre ?

— Accordez-nous quelques minutes, s'il vous plaît.

Acquiesçant, la nourrice resta dans la berline tandis que Lucas emmenait Alicia vers le cottage. À dix mois, elle était un petit corps solide dans ses bras, bien différente de la dernière fois qu'il l'avait vue, quatre mois plus tôt. Il fixa son regard sur Juliana en remontant le chemin. Les yeux de la jeune femme s'écarquillèrent quand elle les posa sur Alicia.

Arrivé à la porte, Lucas parla d'une voix douce.

— Juliana, voici ma fille, Alicia.

— Ta fille !

Juliana observa l'enfant, les lèvres légèrement entrouvertes. Puis elle leva les yeux sur Lucas.

— Je ne comprends pas, dit-elle, puis elle secoua la tête. Attends. Viens à l'intérieur.

Elle s'écarta pour le laisser entrer dans le cottage. Après avoir fermé la porte, elle le conduisit vers la droite dans une pièce confortable avec des étagères et des poutres brutes au plafond.

Alicia leva la tête de l'épaule de Lucas. Elle cligna ses yeux gris, les mêmes que ceux de son père, et observa son nouvel environnement.

Lucas embrassa le doux duvet de ses cheveux châtain clair.

— Ma chérie, lui dit-il, puis il leva les yeux sur Juliana. Sa mère a été ma maîtresse pendant la saison qui a suivi notre rencontre au *Pack Horse*. Je l'ai fréquentée dans l'espoir de te chasser de mon esprit. Cela n'a pas fonctionné. J'ai mis fin à notre liaison au bout d'un mois. Encore une fuite de ma part, sans doute. Cependant, cela a suffi pour qu'elle tombe enceinte.

— D'Alicia ? demanda Juliana, qui ne parvenait pas à détourner les yeux de la fille de Lucas.

Il n'arrivait pas à voir ce qu'elle pensait.

— Oui.

— Viens t'asseoir, proposa-t-elle, le conduisant vers un canapé sur lequel elle s'assit. Quel âge a-t-elle ?

Lucas s'installa avec Alicia sur le coussin, la berçant contre son épaule alors qu'elle se réveillait lentement.

— Dix mois. Sa mère et elle vivaient à Manchester. Je les soutenais financièrement et nous avions convenu que je leur rendrais visite deux fois par an, raconta Lucas, et, à cet instant, le regard de Juliana croisa le sien. J'aurais dû te parler d'elles, de cette situation, quand je t'ai demandée en mariage.

— Pourquoi ne l'as-tu pas fait ?

Il tenta de trouver les mots.

— Je ne sais pas vraiment. Je suppose que j'étais dépassé par ce qui se passait entre nous. Ou peut-être évitais-je une fois de plus de faire face à une situation difficile. C'est ce que j'ai fait très souvent dans ma vie, et je ne m'en rendais pas compte jusqu'à toi.

— Que veux-tu dire ?

— Tu m'as appelé le Vicomte en fuite, ce qui était plutôt approprié. Je pense que je fuyais tout ce qui me poussait à assumer des responsabilités, et, en fin de compte, à aimer. Ce sont nos conversations au *Pack Horse* qui m'ont incité à me présenter au Parlement. Et je crois que tu es la raison pour laquelle je me suis autorisé à aimer Alicia. Ce temps que nous avons passé ensemble il y a deux ans a peut-être été court, mais je crois que tu m'as ouvert le cœur. Lors de nos retrouvailles à Blickton, pour la première fois, j'ai eu envie de courir *vers* quelque chose, ou plutôt vers quelqu'un. Même en sachant que tu ne pouvais pas avoir d'enfants, et, malgré la douleur de ne pas pouvoir élever Alicia, je voulais être avec toi. La vie est chaotique, inattendue et… *réelle*. Au lieu de fuir, je veux saisir chaque instant avec toi à mes côtés.

Pendant qu'il parlait, Juliana l'observait avec attention. Lorsqu'il eut terminé, ses yeux brillaient de larmes qui n'avaient pas encore coulé.

— Je me suis débattue avec les mêmes choses, lui dit-elle d'une voix douce. Je n'ai peut-être pas vraiment fui, mais j'ai évité de me laisser ressentir quoi que ce soit. Mais je t'en ai parlé quand j'ai décidé d'accepter ta demande en mariage. Je t'avoue que j'ai encore du mal à le faire, surtout que tu m'as encore quittée, même si je sais que tu avais une très bonne raison de le faire.

Juliana baissa les yeux sur Alicia.

— Je suis terriblement désolé de ne pas t'en avoir parlé plus tôt.

S'il perdait Juliana, il n'était pas certain qu'il pourrait s'en remettre un jour. Parce que ce serait entièrement sa faute.

— J'avais prévu de t'en parler quand nous partirions de Blickton. Mais quelque chose d'horrible s'est produit.

Juliana pâlit.

— Où est sa mère ? J'ai remarqué que tu as évoqué la situation avec elle au passé.

— Il y a eu un accident. Elles étaient dans une berline, et il y a eu une défaillance. Elle a quitté la route et a percuté un arbre. Caroline… sa mère, est décédée.

Juliana haleta, faisant sursauter Alicia.

— Je suis désolée, ma chérie, dit-elle à la petite avant de reporter son regard sur Lucas. Le bébé allait bien ? C'est un miracle !

Alicia commença à s'agiter, et Lucas la tourna pour l'asseoir sur ses genoux, tout en gardant son bras autour de sa taille. Il fouilla dans la poche de son manteau et en sortit un morceau de corail épais et lisse pour qu'elle le mordille.

— C'est pour elle, elle a des dents qui percent, expliqua Lucas, qui mit le corail dans la main d'Alicia.

Elle le porta immédiatement à sa bouche.

— Et oui, ce fut un miracle, murmura-t-il, répondant à Juliana. Dès que j'ai reçu la nouvelle de l'accident, je me suis précipité à Manchester. J'aurais dû te réveiller, mais j'étais trop désemparé. Je ne pensais qu'à ma fille.

— Comme il se doit, murmura Juliana. Je ne t'en veux pas. J'aurais fait la même chose. Comment as-tu fait ?

Lucas éprouva un immense soulagement en voyant qu'elle le comprenait.

— C'est un défi, je l'admets. J'ai passé plusieurs jours à Manchester à organiser l'enterrement de Caroline et à fermer la maison, ainsi qu'à trouver une nourrice disposée à voyager avec nous.

— Non, je veux dire… comment as-tu réussi à rester séparé de ta fille ? Je vois bien à quel point tu tiens à elle.

— C'est vrai ? Mais, nous venons tout juste d'arriver.

Juliana lui sourit.

— J'ai appris à bien te connaître. Tu la tiens d'une manière possessive et aimante, comme seul un père peut le faire avec son enfant.

— Tu ne me trouves pas horrible d'avoir engendré un enfant illégitime ?

— Comment pourrais-je le faire alors que tu as tout mis en œuvre pour subvenir à ses besoins et à ceux de sa mère ? Vas-tu l'élever, maintenant ?

C'était là que résidait l'angoisse de Lucas. Il allait demander beaucoup à cette femme qu'il aimait.

— J'espérais que nous l'élèverions ensemble, que nous pourrions l'adopter et lui donner mon nom. Mais je suis parfaitement conscient que tout le monde ne veut pas élever cet enfant…

— Arrête, l'interrompit Juliana, tendant les bras. Puis-je ?

— Bien sûr.

Lucas lui confia Alicia.

— Tu es une belle petite fille, dit Juliana d'une voix douce, le sourire aux lèvres. Qu'est-ce que tu mordilles ? Est-ce que cela fait du bien à tes dents ?

— La nourrice dit que le corail l'aide.

— Alors, tu as trouvé une nourrice ? s'enquit Juliana. Où est-elle ?

— Dans la berline. Je lui ai dit que nous avions besoin de quelques minutes.

— Tu devrais aller la chercher. Je suis sûre qu'elle doit avoir envie de se dégourdir les jambes, suggéra Juliana, caressant les cheveux d'Alicia. À moins que… vas-tu rester ?

— Je l'espérais.

En réalité, Lucas n'avait pas vraiment su à quoi s'attendre. Mais peut-être aurait-il dû. Ne connaissait-il pas suffisamment Juliana pour savoir qu'elle ne reculerait pas devant une telle situation ? Ou bien, craignait-il qu'elle ne l'aime pas autant qu'il l'aimait ?

— As-tu envie que nous restions ? s'enquit-il. Je sais que c'est beaucoup te demander d'attendre de toi que tu sois une mère instantanément.

— Je crois que ça fait près de dix ans que je veux être mère, avoua Juliana, souriant à nouveau. Je ne pensais pas en avoir un jour la chance.

Il ne s'en était pas rendu compte, mais elle n'avait pas vraiment partagé ce sentiment avec lui. Elle avait affirmé ne pas pouvoir être mère, mais elle n'avait jamais dit vouloir l'être. Il se rappela sa crainte de voir leur mariage échouer comme son union avec Vincent. Peut-être craignait-elle de lui dire qu'elle avait voulu des enfants. Si c'était le cas, elle s'inquiétait probablement encore plus qu'il lui en veuille à l'avenir s'ils ne parvenaient pas à en avoir.

Lucas se rapprocha d'elle.

— Si nous n'avons pas d'enfants à nous, je serai plus que ravi d'en trouver d'autres à adopter.

Juliana laissa échapper un rire qui ressemblait étrangement à un sanglot. Elle plaqua brièvement une main sur sa bouche.

— Combien d'autres ? s'enquit-elle, les yeux brillants de bonheur.

— Autant que tu voudras.

— Cela ne te dérangerait pas qu'ils ne soient pas de ton sang ?

Lucas regarda Juliana, qui tenait sa fille… leur fille.

— Je vois qu'il t'importe peu qu'Alicia ne soit pas du tien.

— Elle n'est pas de mon sang, c'est vrai, dit Juliana d'une voix douce.

Elle inclina la tête sur le côté et embrassa doucement la tête d'Alicia.

— Mais je serai ta mère, et ce sera un immense privilège pour moi.

— Je ne pensais pas qu'il était possible pour moi de t'aimer davantage.

Il éprouvait une telle joie qu'il en avait presque mal à la poitrine. Juliana leva les yeux vers lui, sa tête toujours posée contre celle d'Alicia.

— C'est réel, alors ? Nous nous aimons, et nous allons devenir une famille ?

— C'est ce que je veux.

— C'est ce que je veux aussi. Promets-moi simplement de ne plus jamais me quitter, lui demanda-t-elle, levant la tête. Tu aurais pu venir dans ma chambre et me tirer du lit. Je t'aurais accompagné à Manchester en chemise de nuit. J'aurais pu t'aider. À présent, nous sommes des partenaires. Nous faisons les choses ensemble. *Promets-le-moi.*

Lucas aurait aussi aimé la réveiller. Elle lui aurait rendu cette dernière semaine plus supportable. Il n'avait pas aimé

Caroline, mais il avait été terriblement triste pour Alicia que sa mère soit morte. Ce n'était pas juste. Pourtant, Alicia grandirait dans une famille aimante et attentionnée.

— Je te le promets. *Ensemble.*

— Bien, répondit Juliana, qui adopta un ton professionnel auquel il s'attendait et qu'il adorait. Maintenant, va chercher la nourrice, et nous préparerons la chambre d'amis pour Alicia et elle. Je n'ai pas de berceau, mais nous pouvons sûrement trouver quelque chose.

— J'en ai un à l'arrière de la berline.

— Parfait. Combien de temps souhaites-tu rester avant que nous allions à Leeds rendre visite à mes parents ? l'interrogea Juliana avant de secouer la tête. Ne te préoccupe pas de cela maintenant. Nous déciderons plus tard. Nous avons tout notre temps.

Oui, ils avaient toute une vie. Sauf que Lucas avait hâte qu'ils se marient.

— Ne prenons pas trop de temps, si tu le veux bien. Je suis impatient de faire de toi ma femme. Si tu es toujours d'accord.

— Évidemment ! s'exclama-t-elle en riant. Ne sois pas stupide. Oui, nous nous marierons dès que possible. Je suis sûre que nous pouvons aller à Leeds demain, si tu penses qu'Alicia est prête à voyager à nouveau si tôt.

— Selon la nourrice, ce n'est pas un problème. Je me sens plutôt bon à rien. Je n'ai pas la moindre idée ce que c'est que d'être un parent.

— Je ne le sais pas non plus, mais je pense que nous le découvrirons rapidement.

— Ensemble, dit Lucas.

Juliana déposa un nouveau baiser sur la tête d'Alicia.

— Ensemble.

CHAPITRE 11

*J*uliana regarda Lucas, qui tenait leur fille dans ses bras, tandis qu'ils se dirigeaient vers la porte en chêne massif de Northwich Hall. La visite à ses parents s'était très bien passée, et ceux-ci les rejoindraient ici une quinzaine de jours plus tard pour fêter et assister au mariage. L'organisation de cet événement lui avait paru quelque peu étrange, car les parents de Lucas ignoraient encore totalement que leur fils était fiancé.

Ou même qu'il avait un enfant.

Il n'avait pas voulu leur annoncer la nouvelle par écrit, estimant qu'il valait mieux le faire en personne. Elle s'était posé des questions, mais elle avait finalement décidé qu'il avait raison. Juliana n'aurait pas voulu apprendre l'existence d'Alicia dans une missive, même si cela signifiait qu'il l'avait fait attendre une semaine et qu'il avait donné l'impression, sans le vouloir, qu'il l'avait à nouveau abandonnée.

La porte s'ouvrit, et un majordome trapu au visage austère les accueillit.

— Bienvenue chez vous, my lord.

Il ne manifesta pas la moindre réaction face à Lucas, qui

portait un enfant, à la femme inconnue qui se trouvait à ses côtés, ou à l'autre femme qui se tenait derrière eux, la nourrice d'Alicia. Le majordome glissa bien un regard vers Juliana, mais ce fut sa seule réaction.

— C'est un plaisir de vous voir, Graham. Mes parents sont-ils dans le salon ?

Lucas avait envoyé un message la veille pour prévenir de son arrivée.

— Dans la bibliothèque, en fait.

— Merci, répondit Lucas, qui se tourna légèrement vers Juliana, effleurant le bas de son dos avec sa main libre. Permettez-moi de vous présenter Mme Sheldon. C'est tout ce que je dirai à ce sujet pour le moment. S'il vous plaît, veillez à empêcher quiconque de discuter de son arrivée, de l'enfant que je porte, ou de sa nourrice.

Il se tourna ensuite pour regarder Mme Talmidge.

— Tout sera révélé lorsque j'aurai parlé au comte et à la comtesse.

Graham renifla.

— Je n'autoriserais jamais les commérages dans la salle des domestiques.

Lucas lui adressa un sourire chaleureux.

— Bien sûr que non. Pourtant, il est parfois sage de dire ce genre de choses à voix haute, juste pour être sûr.

Juliana se demanda si d'autres domestiques pouvaient écouter. Elle parcourut du regard le vaste et élégant hall d'entrée, et remarqua qu'un valet de pied se tenait de l'autre côté. Ses traits et sa posture étaient aussi inflexibles que ceux du majordome.

Graham inclina la tête et Lucas murmura à Juliana que la bibliothèque se trouvait au rez-de-chaussée dans le coin au fond à droite. Il la guida à travers le hall des escaliers, dont le bois sombre brillait et qui était orné de nombreux tableaux. En un mot, la pensée de vivre ici, au moins de temps en temps, était écrasante. Et, un jour, ce serait son foyer. Le doute l'envahit. Pouvait-elle vraiment être une comtesse ?

Ils traversèrent quelques pièces, toutes plus belles les unes que les autres. C'était une chose de visiter une demeure comme celle-ci ou comme Blickton pour une fête, mais vivre ici ?

Finalement, ils pénétrèrent dans un petit salon. Lucas désigna une porte.

— La bibliothèque est ici. Prête ?

— Le mieux possible, sans doute, répondit Juliana, emplie d'anxiété.

Elle posa les yeux sur Alicia, qui mâchait furieusement son corail. L'une de ses dents du bas avait percé pendant qu'ils rendaient visite aux parents de Juliana. Sa mère avait été d'une aide incroyablement précieuse en partageant sa propre expérience de l'éducation des enfants. Elle avait montré à sa fille comment préparer un cataplasme qui soulagerait la douleur causée par l'éruption de la dent. Elles en avaient appliqué sur les gencives d'Alicia, en particulier le soir avant le coucher, et cela avait très bien fonctionné pour apaiser l'enfant.

Lucas se tourna vers Mme Talmidge.

— Pourriez-vous attendre ici pendant que nous allons parler à mes parents ? Je vous appellerai si nous avons besoin d'aide avec Alicia.

Mme Talmidge acquiesça.

— Bien sûr, my lord.

Elle alla s'asseoir sur une chaise près de la porte menant à la bibliothèque.

— Viens, ma chérie, dit Lucas à Alicia. Il est temps pour toi de rencontrer tes grands-parents.

La petite fille laissa échapper un gargouillis joyeux. Elle aimait babiller à l'occasion, et la mère de Juliana avait affirmé que ses premiers mots ne tarderaient pas à arriver.

Ils pénétrèrent dans la bibliothèque. Des étagères bien rangées, garnies de livres reliés en cuir, longeaient l'un des murs, et il y avait trois espaces pour s'asseoir, dont plusieurs fauteuils confortables près du feu. Pour la première fois, Juliana s'imagina pouvoir y vivre, car cet endroit était des plus accueillants.

— Audlington.

Le comte se leva d'un canapé situé au plus près de l'entrée. La comtesse resta assise. Le père de Lucas lui ressemblait beaucoup, même s'il était plus petit de quelques centimètres. Ses cheveux étaient majoritairement gris, mais il restait quelques mèches brunes ici et là. Ses yeux bleus se fixèrent sur Alicia.

— Papa, dit Lucas. Maman.

— Tu n'es pas seul, remarqua la comtesse.

Son regard gris, très semblable à celui de Lucas, passa d'Alicia à Juliana.

— C'est vrai, acquiesça Lucas, se tournant vers Juliana. Permettez-moi de vous présenter ma fiancée, Mme Juliana Sheldon. Nous nous sommes rencontrés à Blickton lors d'une récente partie de campagne.

La comtesse se leva d'un bond du canapé.

— Et elle a un enfant en plus ?

— Euh, non, répondit Lucas, avant de prendre une grande inspiration. Maman, papa, voici *ma* fille, Alicia.

— Ta fille ? s'exclama le comte.

Sa voix grave s'était légèrement élevée, et ses narines se dilatèrent. Tendue, Juliana se rapprocha de Lucas, pour que leurs bras se touchent.

— Oui, répondit ce dernier d'une voix claire et égale. Sa mère était ma maîtresse, et je suis au regret de dire qu'elle est décédée récemment. Juliana et moi élèverons l'enfant comme le nôtre.

Le comte dévisagea son fils, bouche bée.

— Tu n'es pas sérieux. C'est une enfant illégitime ! Comment peux-tu même être sûr qu'elle est de toi ?

— Parce que je le suis, répondit Lucas avec fermeté.

Juliana aurait presque pu entendre sa mâchoire se crisper. Elle sentit l'angoisse raidir son échine. Alicia dut le sentir aussi, car elle commença à s'agiter.

— Donne-la-moi, murmura Juliana, lui prenant le bébé des bras.

Alicia s'empressa de s'accrocher à elle, avec la main qui ne tenait pas le corail.

La comtesse s'approcha de Juliana, les yeux rivés sur la petite.

— C'est notre petite-fille. Il te suffit de regarder ses yeux, affirma-t-elle, un sourire chaleureux aux lèvres. Comme tu es jolie, ma chérie.

— Elle l'est vraiment, confirma Juliana, caressant la tête d'Alicia.

— Quel âge a-t-elle ? s'enquit la comtesse.

— Un peu plus de dix mois, répondit Juliana.

— Et elle fait déjà ses dents, à ce que je vois. Commence-t-elle déjà à marcher ?

Juliana sourit.

— Elle s'accroche aux meubles pour se tenir debout.

Alicia avait commencé à le faire lorsqu'ils avaient rendu visite aux parents de Juliana.

— C'est tout, alors ? demanda le comte, l'air irrité. Nous devons simplement accepter la fille illégitime de notre fils ?

Il marqua une pause, puis lança à son fils un regard où se lisait une lueur de déception brutale.

— Je t'avais prévenu que ton comportement mettrait la famille dans l'embarras. Tu m'as promis que ce ne serait pas le cas.

— Et ce ne sera pas le cas. Je vais épouser Juliana, et nous élèverons Alicia comme notre enfant.

— Les gens vont parler et spéculer ! s'exclama le comte, qui se retourna et s'éloigna à grands pas.

— Laisse-le donc tranquille un moment, dit la comtesse d'une voix douce, se tournant ensuite vers Juliana. Je suis heureuse de vous rencontrer. La femme qui a finalement conquis le cœur de Lucas doit être très spéciale.

Juliana éprouva un élan de chaleur pour cette femme, et pressentit qu'elles s'entendraient très bien, comme Lucas le lui avait assuré.

— Merci. Je l'aime énormément, déclara la jeune femme.

— Et, oui, maman, elle a complètement conquis mon cœur. Tout comme Alicia.

— Je comprends pourquoi. Elle est adorable, acquiesça la comtesse, levant les yeux vers Lucas. J'imagine que cela n'a pas été facile pour toi. Tu es d'une nature si sensible ! Je comprends maintenant pourquoi ton comportement a changé si brusquement au cours de l'année passée.

— Tu l'as remarqué ?

Lucas avait expliqué à Juliana qu'il avait cessé de prendre des maîtresses après Caroline, et qu'il avait tout bonnement vécu comme un moine jusqu'à ce qu'il la retrouve à Blickton.

— Les mères remarquent tout, mon chéri, affirma-t-elle, adressant un sourire à Juliana, une étincelle dans ses yeux gris. Vous le découvrirez.

Le fait que la comtesse reconnaisse Juliana comme une mère lui noua la gorge. Elle n'avait jamais imaginé porter ce titre, et, pour elle, il était bien plus beau que celui de vicomtesse ou de comtesse.

— Je suppose que papa n'a rien remarqué, intervint Lucas.

Son regard se porta sur les fenêtres de l'autre côté de la pièce, près desquelles le comte se tenait à présent, leur tournant le dos.

— Il l'a fait une fois que j'ai attiré son attention dessus, répondit la comtesse. De même, j'attirerai son attention sur le fait qu'il s'agit d'une occasion joyeuse et d'un merveilleux début pour toi et ta nouvelle famille. En attendant, discutons de quelques points précis. Juliana... puis-je vous appeler ainsi ?

— Bien sûr.

— Bien. Et vous devez m'appeler Peggy. S'il vous plaît, venez vous asseoir à côté de moi, pour que je puisse dorloter ma petite-fille.

Elle se rassit sur le canapé et Juliana prit place à l'endroit où le comte était installé lorsqu'ils étaient entrés. Lucas choisit un fauteuil près d'elles, ses traits reflétant un mélange de bonheur lorsqu'il souriait à sa mère et d'inquiétude quand il jetait des coups d'œil à son père.

— Nous aimerions nous marier à l'église. Les bans seront lus ce dimanche.

— Merveilleux, dit Peggy. Le pasteur sera ravi. Et ton frère et sa famille seront là la semaine prochaine, nous serons donc tous ensemble.

— Vraiment ? s'enquit Lucas, adressant un nouveau regard à son père.

— Oui, répondit fermement sa mère. Ton père va finir par s'y faire. Et rapidement, ajouterais-je.

Elle décocha au comte un regard qui ne pouvait que l'inciter à capituler.

Juliana perçut l'assurance et la légère pointe d'agacement dans le ton de Peggy et décida qu'il s'agissait d'une femme redoutable. Avec un peu de chance, la suite de la conversation se déroulerait sans anicroche.

— Nous aimerions discuter des dispositions concernant notre séjour. Nous ne nous attendons pas à loger ensemble, bien sûr, mais Lucas et moi aimerions tous deux dormir dans le même bâtiment qu'Alicia et sa nourrice.

— Je suis ravie que vous ayez une nourrice, dit Peggy. Où est-elle ?

Lucas fit un geste vers la porte par laquelle ils étaient entrés.

— Mme Talmidge est dans le salon. Elle n'est malheureusement pas avec nous de façon permanente, car elle aimerait retourner à Manchester où vivent ses enfants.

— Je vois. Eh bien ! Nous engagerons une nourrice dès que possible, annonça la mère de Lucas, posant les yeux sur Alicia. Je te promets que nous trouverons quelqu'un qui t'aimera autant que nous.

Alicia plongea son regard écarquillé dans celui de Peggy et babilla. Cette dernière lui sourit.

— Je suis ta grand-mère. Nous allons apprendre à bien nous connaître, lui dit-elle, puis elle s'adressa à Lucas. Vous resterez au moins jusqu'à l'Épiphanie ?

Lucas acquiesça.

— Nous resterons jusqu'à ce que je doive retourner à Londres.

— Merveilleux. Vous pouvez prendre l'aile nord-est, bien sûr.

— C'est là que se trouve ma chambre, dit Lucas à Juliana.

— Il y a toute une série de chambres qui pourront accueillir tout le monde, déclara Peggy. Nous vous ferons confiance pour vous comporter convenablement jusqu'au mariage.

— Tu ne crois quand même pas qu'Audlington est digne de confiance ? s'exclama le comte.

Il était revenu vers eux et se tenait à présent au milieu de la bibliothèque, les traits tirés.

— Bien sûr que si ! rétorqua Peggy, plissant les yeux vers son mari. Il n'a jamais déshonoré cette famille et ne le fera jamais. Viens donc faire la connaissance de ta future belle-fille et de ta petite-fille. Sois en colère contre Lucas si tu le souhaites, mais ne leur fais pas subir cette émotion, à moins que tu ne veuilles que la première impression qu'elles auront de toi soit plutôt médiocre.

Juliana ne s'était pas encore forgé une opinion solide sur le comte. Lucas l'avait préparée à son dédain, mais lui avait également assuré qu'il mettrait cela derrière lui. La question était de savoir quand cela se produirait.

Le comte grommela en guise de réponse, puis s'approcha de l'endroit où ils étaient assis. Il regarda Alicia, une légère moue sur la bouche.

— Effectivement, elle a peut-être tes yeux, dit-il à sa femme.

— Et ceux de Lucas, répondit-elle.

Le comte se tourna vers Juliana.

— J'espère que vous avez dompté mon fils. Il en avait certainement besoin.

Lucas avait-il vraiment été aussi sauvage ? Elle n'avait pas l'impression qu'il ait fait quoi que ce soit de terrible, et sa mère semblait le confirmer. Juliana lui poserait la question plus tard.

— Votre fils est un homme et un père merveilleux. J'espère que ces côtés de lui ne seront jamais domptés.

Peggy rit doucement.

— Vous parlez comme une épouse aimante et protectrice. Bien joué, ma chère.

Le comte se renfrogna. Puis il décocha un regard noir à son fils.

— Audlington, mon bureau. Maintenant.

Le comte sortit de la pièce en empruntant une porte située au milieu de la rangée d'étagères.

— Je devrais sans doute y aller, dit Lucas à Juliana.

Cette dernière posa Alicia sur son autre genou.

— Vas-y, tout ira bien.

Peggy posa sur lui un regard ferme alors qu'il se levait.

— Ne tolère aucune de ses sottises.

— J'essaie de ne pas le faire, maman.

Lucas contourna le canapé et embrassa la joue de sa mère avant de quitter la bibliothèque.

— Laissez-moi sonner pour des rafraîchissements, dit Peggy en se levant. Et faites entrer la nourrice.

— Merci, Peggy. Pour tout.

Juliana n'aurait pu imaginer un accueil plus chaleureux. Elle espérait seulement que les choses entre Lucas et son père s'amélioreraient sans tarder.

~

*L*ucas ferma la porte du bureau derrière lui.

— N'aurais-tu pas pu être plus poli avec Juliana ? Elle ne mérite pas que tu la traites ainsi.

Son père se tenait près de l'âtre, la mine renfrognée.

— Je me suis montré parfaitement poli avec elle. Je n'ai pas caché ma déception à *ton* égard. Si elle souhaite devenir ton épouse, elle ne peut pas fléchir devant la famille.

— Juliana ne fléchira devant rien, assura Lucas avec un léger sourire. Tu l'apprendras bien assez tôt.

— Je l'ai bien compris, vu qu'elle est prête à élever ton enfant.

— Elle n'est pas seulement prête à le faire, elle est impatiente, le corrigea Lucas, qui ne voyait pas l'intérêt d'esquiver l'inévitable conversation. Je sais que tu as une mauvaise opinion de moi parce que j'ai eu Alicia.

— Je t'ai mis en garde contre la possibilité d'engendrer des enfants. Il existe des moyens d'éviter de tels… problèmes.

Lucas refusait de voir sa fille comme un problème, même s'il comprenait ce que son père voulait dire. Plus que cela, il avait envisagé les enfants de la même manière dans ses jeunes années. Il avait fait tout son possible pour éviter d'en engendrer, mais aucune méthode n'était infaillible.

— Tu sais qu'il n'est pas toujours possible de l'éviter, répliqua Lucas.

Il expira longuement, espérant que son père parviendrait à surmonter sa colère.

— Papa, je n'ai pas l'intention de débattre de l'existence de ma fille. J'aime Alicia, et je suis aussi honoré que ravi de l'élever. Cela m'a brisé le cœur de la quitter après sa naissance.

Le regard de son père croisa aussitôt celui de Lucas.

— Tu t'es impliqué auprès de cet enfant dès le début ?

— Oui. J'ai veillé à ce que sa mère et elle-même soient protégées et à ce qu'elles le soient toujours. Lorsque sa mère est morte il y a quinze jours, je me suis précipité pour aller chercher Alicia.

— Pendant des années, j'ai essayé de te voir marié, avec des enfants, assumant des responsabilités au-delà de la visite de nos autres propriétés. J'ai été enthousiasmé quand tu t'es présenté au Parlement, et je m'attendais à ce que tu te maries enfin la saison prochaine.

— Parce que tu as décrété que je devais le faire, lui rappela Lucas.

— Mais, c'est ce qui t'a enfin décidé… un enfant illégitime ?

— En fait, non. Enfin, peut-être en partie. Mais ce qui m'a poussé à me présenter au Parlement, c'est ma rencontre avec Juliana il y a près de deux ans, expliqua Lucas, faisant un pas vers son père. Elle m'a affecté d'une manière que je n'aurais jamais pu imaginer. Avant elle, j'avais l'impression de n'avoir aucun but, et oui, j'évitais les responsabilités. Plus important encore, j'évitais tout ce qui pouvait avoir un caractère permanent, ou engendrer des attentes. Je ne voulais pas non plus échouer en amour, pas avec l'exemple que vous m'avez donné, maman et toi.

Son père resta silencieux un moment, les sourcils froncés.

— Je n'avais pas conscience que tu ressentais cela, que tu étais…

— Lâche ? Effrayé ? suggéra Lucas avec un petit rire d'autodérision.

— Non, pas ça. Vulnérable, peut-être. J'aime profondément ta mère et je sais que notre mariage est différent de celui de la plupart des gens de notre classe. J'imagine que tu t'es senti poussé à trouver quelque chose comme ce que nous avons, et ce n'est pas facile.

— Absolument pas ! Quand Jonathan et Hetty sont tombés amoureux, j'étais persuadé que cela ne pouvait pas m'arriver. Aucune famille n'a la chance d'avoir autant d'amour.

Les traits du comte s'adoucirent comme jamais Lucas ne l'avait vu.

— Apparemment, c'est le cas de la nôtre. Tu aimes Mme Sheldon autant que j'aime ta mère, et autant que ton frère aime sa femme. Tu as bien fait d'attendre. De toute évidence, c'est ce que tu étais censé faire.

— Merci, papa, répondit Lucas, le cœur gonflé d'amour. Elle est tout ce que j'aurais pu espérer.

S'avançant vers son fils, le comte pinça les lèvres.

— Tu sais que les gens vont parler de ta fille.

— J'ai l'intention de les ignorer.

— Bien, mais les ragots seront toujours là, et les questions la suivront. Tu vas devoir t'y préparer.

Lucas n'avait pas l'intention de fuir sa fille, ni maintenant, ni jamais.

— Elle aura toujours mon soutien absolu et mon amour inconditionnel. J'espère que tu lui offriras la même chose.

Le visage du comte se détendit à nouveau, et, cette fois, il sourit même.

— Tout ce que j'ai toujours voulu, c'est ton bonheur. Tu es parent, maintenant, tu le découvriras par toi-même.

Lucas le savait déjà. Il était prêt à tout pour Alicia.

— Je suis plus heureux que je n'ai jamais osé l'espérer, grâce à Juliana.

— Alors, je suppose que je devrais y retourner et m'excuser auprès d'elle. J'ai hâte de la connaître.

— Et de l'aimer, ajouta Lucas avec un sourire. Tu ne pourras pas résister.

CHAPITRE 12

$\mathcal{J}$uliana se tenait dans le petit salon de la maison du pasteur, à côté de l'église de Northwich, tandis que sa mère procédait à un dernier examen de sa robe. La cérémonie devait commencer quelques minutes plus tard.

— Tu es ravissante, lui dit-elle, et ses yeux bleu-vert brillaient. Est-ce moi ou bien cette fois-ci semble différente ?

— Dans quelle mesure ? répondit Juliana, même si la question était absurde.

Ce mariage avec Lucas était différent à tout point de vue de son mariage avec Vincent. Mais Juliana voulait entendre l'opinion de sa mère. Son père et elle étaient arrivés quelques jours plus tôt, et ils s'étaient très bien entendus avec les parents de Lucas. Juliana ne s'était pas inquiétée à ce sujet. Elle avait appris à connaître Peggy et Northwich, et elle ne craignait pas qu'ils traitent ses parents autrement qu'avec respect et gentillesse. En effet, ils partageaient finalement de nombreux centres d'intérêt, tels que les cartes, et leurs pères avaient lu les mêmes livres. Le comte était ravi d'avoir un libraire dans la famille.

— Il est évident qu'Audlington t'aime, répondit la sœur de Juliana.

De deux ans son aînée, Ellen disait généralement ce qu'elle pensait.

— Vincent tenait à toi, mais je n'ai jamais perçu l'émotion plus profonde dont Audlington fait montre. C'est charmant, affirma-t-elle, souriant à sa sœur.

— Je suis d'accord avec cela, confirma leur mère, qui prit la main de Juliana et la serra. Je suis vraiment très heureuse pour toi, ma chérie.

— Merci, maman.

Juliana n'aurait jamais imaginé recommencer, mais d'une certaine manière, c'était comme si elle ne l'avait jamais fait. Sa mère et sa sœur avaient raison de dire que cette union… que Lucas était complètement différent.

La porte s'ouvrit, et Juliana se crispa aussitôt. C'était sans doute la femme du pasteur qui les informait que c'était l'heure. Mme Linley, une femme aimable d'une soixantaine d'années, leur adressa un sourire quelque peu nerveux. La tension de Juliana se mua en un sentiment plus proche de l'inquiétude.

— La cérémonie sera légèrement retardée, déclara-t-elle.

Ellen, qui se tenait près de la fenêtre, se dirigea vers Mme Linley.

— Quel est le problème ?

Mme Linley adressa un regard à Juliana avant de se tourner vers leur mère.

— Nous attendons lord Audlington. Le marié, en fait. Il n'est pas encore arrivé.

Le cœur de Juliana s'emballa. Il ne l'abandonnerait pas à nouveau. Rien ne l'empêcherait de se présenter à leur mariage. Elle n'avait aucun doute à ce sujet. Mais alors, que se passait-il ?

— Savez-vous pourquoi ? s'enquit Juliana.

La femme du pasteur secoua la tête.

— Non.

— Ce n'est rien. Je vous remercie, madame Linley. Préve-
nez-nous lorsque le vicomte arrivera.

Après le départ de Mme Linley, Juliana s'approcha de la
fenêtre et regarda vers l'église.

— Est-ce que tu le guettes ? l'interrogea sa mère.

C'était sans doute le cas, et cela ne ferait qu'exacerber son
anxiété. Mais pourquoi était-elle anxieuse ? Elle savait déjà
qu'elle n'était pas inquiète, et elle lui faisait confiance pour se
présenter. Elle réfléchissait aux raisons possibles de son
retard. Une seule chose pourrait l'empêcher d'arriver à
temps. Ou plutôt, une seule personne.

Juliana se détourna de la fenêtre.

— Son retard doit être lié à Alicia. Je devrais retourner à
Northwich Hall.

Sa mère plissa le front.

— Tu vas froisser ta robe si tu montes dans une berline.
S'il y a un problème avec Alicia, Lucas peut s'en charger.
C'est un excellent père.

C'était assurément vrai. Le voir avec sa fille ne manquait
jamais de faire sourire Juliana, et, à chaque fois, son cœur se
gonflait démesurément. À les voir ensemble, elle se réjouissait de l'existence d'Alicia, d'autant plus qu'elle doutait qu'ils
aient un jour des enfants à eux.

— Tu as raison, concéda Juliana. Nous n'avons plus qu'à
attendre, dans ce cas.

Après un quart d'heure passé à arpenter la pièce, Juliana
commençait à se sentir frustrée. Ce n'était même pas tant
parce que Lucas manquait toujours à l'appel, même si cela en
faisait certainement partie, mais parce qu'elle ne pouvait pas
s'asseoir avec sa robe.

Ellen s'était postée à la fenêtre pour pouvoir faire le guet.
Enfin, elle se retourna.

— Il arrive ! Il court, en fait.

Juliana se précipita à la fenêtre et vit Lucas filer à toute allure vers le presbytère. Elle se rendit à la porte.

— Arrête, tu ne peux pas aller le voir ! s'écria sa mère. Ça porte malheur.

— Je ne crois pas à ces absurdités.

Juliana n'avait pas vu Vincent avant la cérémonie, et voilà comment leur mariage avait tourné. Elle ouvrit la porte et entendit Mme Linley parler à Lucas.

— J'ai juste besoin de la voir un moment, disait-il dans le petit hall d'entrée. Alicia se montrait terriblement difficile, et je ne pouvais pas la laisser.

Juliana sourit. Bien sûr que c'était à cause d'Alicia.

— Je ne peux pas vous laisser la voir, dit fermement Mme Linley. Cela porte malheur.

— Ce qui pourrait porter malheur, ce serait que ma fiancée pense que je ne viendrai pas à notre mariage.

Juliana entendit l'inquiétude dans sa voix.

— Lucas, je t'entends. Je n'étais pas inquiète.

Elle pénétra dans le hall d'entrée, et le regard de Lucas croisa le sien. Ses traits s'apaisèrent, et un large sourire se dessina sur son visage.

— Tu es magnifique, murmura-t-il.

Mme Linley haleta.

— Oh là là ! C'est une calamité.

— Absolument pas, la rassura Juliana. Il n'y aura pas de malchance. Pourriez-vous nous accorder un moment seuls ?

Après avoir bafouillé un instant, Mme Linley acquiesça à contrecœur.

— Juste un instant, alors.

Le front plissé par le désarroi, elle quitta le hall d'entrée, les laissant seuls.

— Es-tu terriblement en colère contre moi ? lui demanda Lucas.

— Absolument pas. Je t'ai dit que je n'étais pas inquiète, et je le pensais vraiment.

— Mes antécédents en matière d'abandon ne t'ont pas du tout préoccupée ?

— Je mentirais si je disais que cela ne m'a pas traversé l'esprit, mais j'ai toute confiance en l'amour que nous éprouvons l'un pour l'autre. Tu ne m'abandonnerais jamais un jour comme celui-ci. J'ai compris qu'il devait y avoir un problème avec Alicia. J'ai entendu ce que tu as dit. Est-ce qu'elle va bien ?

— Oui. Elle fait encore un peu des siennes, mais je l'ai amenée à l'église pour qu'elle s'asseye avec sa grand-mère. C'était mieux qu'avec la nouvelle nourrice ; je crains qu'Alicia ne se soit pas encore habituée à elle.

Ils avaient prévu que la petite fille n'assisterait pas à la cérémonie. Elle devait rester avec sa nourrice et prendre part au petit déjeuner de mariage.

— Elle sera donc présente au mariage ? l'interrogea Juliana.

— Cela ne te dérange pas ?

— Pas du tout. En fait, cela me fait très plaisir, admit-elle.

— Même si elle perturbe la cérémonie ? Elle peut pleurer. Je crois qu'elle a mal au ventre.

— Le fait que tu sois au courant des maux de notre fille me rend vraiment très heureuse. Je n'aurais pas pu imaginer un mari et un père plus parfait.

Juliana l'entoura de ses bras et l'enlaça fermement. Lucas la serra contre lui et effleura sa tempe de ses lèvres.

— Merci. C'est peut-être la chose la plus gentille qu'on m'ait jamais dite.

Juliana se recula.

— Et oui, je me fiche que notre fille pleure pendant notre cérémonie de mariage. Et toi ?

Il secoua la tête.

— La seule chose qui m'importe, c'est que tu m'aimes.

— Alors c'est une bonne chose que ce soit le cas. De tout mon cœur.

Lucas lui caressa la joue, les yeux brillants d'amour ?

— Je suis l'homme le plus chanceux du monde.

— Tu ne le seras plus si tu ne files pas tout de suite à l'église, remarqua Juliana, jetant un coup d'œil derrière elle vers l'endroit où Mme Linley était probablement tapie. File. À tout de suite.

— À tout de suite, mon amour. Quand tu deviendras mienne pour toujours.

ÉPILOGUE

Épiphanie 1807

— **M**aman !

Juliana se tourna vers sa fille, qui tapait des mains avec enthousiasme.

— Qu'est-ce qu'il y a, ma chérie ?

— Regarde Christopher ! s'exclama-t-elle, pointant du doigt son petit frère, qui marchait vers elles.

Haletant, Juliana laissa tomber les jouets qu'elle était en train de ramasser.

— Lucas, viens ici !

Il était juste à côté, dans son bureau, et il arriva précipitamment à peine un instant plus tard. Son regard se posa sur son fils, dont le front était plissé, signe d'une profonde concentration alors qu'il se dirigeait vers Juliana.

— Il marche ! souffla Lucas.

Ils s'étaient inquiétés de voir qu'il mettait beaucoup plus de temps à marcher qu'Alicia. Elle avait commencé juste après avoir fêté son premier anniversaire, tandis que Christopher avait maintenant seize mois. Il était un expert de la marche à quatre pattes, et se servait des meubles pour se tenir debout et se déplacer. Mais, ce jour-là, il marchait tout seul, et Alicia en avait été le premier témoin.

— C'est un miracle, papa ! s'exclama-t-elle.

Âgée de quatre ans, elle était précoce et bavarde. Et ce qu'elle préférait, c'était diriger son petit frère.

— En effet, ma douce.

Lucas croisa le regard de Juliana, et elle sut qu'il parlait de Christopher lui-même, et non du fait qu'il marchait.

Lorsqu'elle était tombée enceinte, elle n'y avait pas vraiment cru. Elle n'en avait parlé à personne, jusqu'à ce que cela devienne évident pour Lucas. Il avait remarqué que son ventre s'arrondissait, et elle avait rapidement fondu en larmes en lui révélant la vérité.

À présent, ils avaient Christopher, un fils qu'ils n'attendaient pas, et qu'ils adoraient.

— C'est bien, mon garçon ! l'encouragea Lucas, s'asseyant par terre.

Juliana s'installa à côté de lui et résista à l'envie de tendre la main à Christopher qui se dandinait. S'il tombait, comme il l'avait déjà si souvent fait, il ne chuterait pas de très haut. Et il retombait toujours sur les fesses, s'exclamant immanquablement « Oh là là ! », expression qu'il avait entendue de sa mère.

Christopher les rejoignit enfin, et Lucas le prit sur ses genoux.

— Tu as réussi !

Le petit garçon se tortilla, puis s'écria :

— Allez !

Lucas le relâcha avec un petit rire, le remettant sur ses pieds.

— Oui, vas-y. Marche vers ta sœur, maintenant.

Alicia se tenait de l'autre côté de la pièce.

— Viens, Christopher. Je te donnerai un biscuit, lui dit-elle, puis elle se tourna vers Juliana. Il mérite bien un biscuit ?

— Je crois que oui, répondit-elle.

Ils observèrent Christopher, qui traversait à nouveau la pièce, affichant un peu plus d'assurance, à défaut de rapidité. Quand il atteignit Alicia, elle l'entoura de ses bras et lui tapota le dos.

— Bien joué, Christopher !

Il lui rendit son étreinte, et Juliana sentit les larmes lui nouer la gorge. Et dire que, quelques années auparavant, elle n'avait rien de tout cela ni aucune attente en la matière. Sa vie était merveilleusement, incroyablement remplie.

Elle tourna la tête vers son mari.

— Merci, chuchota-t-elle.

Une lueur d'inquiétude traversa son regard, puis il sourit. Il leva la main pour lui caresser la joue.

— Ne pleure pas, mon amour.

— Ce sont des larmes de joie.

— Alors, pleure, lui dit-il, se penchant pour l'embrasser sur la joue et lui parler doucement. Je sais ce que tu penses. Et je pense la même chose. Nous voir avant notre mariage, c'était le contraire de la malchance.

— Ma chance a commencé le jour où j'ai été bloquée dans une auberge pendant une tempête de neige.

— Et elle a fait une pause quand je t'ai abandonnée là, poursuivit Lucas avec une grimace. Je n'arrive toujours pas à croire que tu as décidé de m'accueillir à nouveau dans ta vie.

— Tu l'as mérité, après bien des tourments. C'était plutôt délicieux, je dois l'admettre.

Il éclata de rire.

— Chipie.

— Tu en as adoré chaque instant, affirma Juliana, levant les yeux au ciel.

— En effet, confirma Lucas, une étincelle de chaleur dans le regard. Tu promets de me torturer plus tard ?

— Toujours.

Ne manquez pas *La Veuve imaginaire*, le prochain livre captivant des *Chroniques de rencontres* ! Découvrez ce qui se passe lorsque le comte de Rotherham décide que la veuve Charlotte Dunthorpe ferait une mère idéale pour ses filles. Sauf que Charlotte n'est pas celle qu'elle prétend être...

Si vous voulez savoir quand mon prochain livre sera disponible et être averti des ventes spéciales, inscrivez-vous à ma newsletter en anglais sur https://www.darcyburke.com/join ou en français https://darcyburkefrancais.com/newsletter/ et suivez-moi sur les réseaux sociaux :

Facebook: https://facebook.com/DarcyBurkeFans
Instagram darcyburkeauthor

Vous aimez les romans Régence ? Découvrez mes autres séries historiques :

Les Insaisissables
Laissez-vous charmer par les douze célibataires les plus séduisants et les plus insaisissables de la société, ainsi que par les jeunes filles discrètes et marginales qui les font chavirer !

Les Insaisissables : Les Imposteurs

Au cœur de l'univers captivant des *Insaisissables*, suivez la saga d'une fratrie de trois enfants qui excellent dans l'art d'être ce qu'ils ne sont pas. Un intrépide coureur de Bow Street, un vicomte anéanti et une demoiselle de la société désabusée peuvent-ils dévoiler leurs secrets ?

Le Phœnix Club

L'invitation la plus exclusive de la bonne société…
Bienvenue au *Phœnix Club*, où les ladies et gentlemen les plus audacieux, les moins recommandables et les plus intrigants de Londres trouvent scandale, rédemption et seconde chance.

Il y a de l'amour dans l'air

Des contes de Noël classiques réconfortants (écrits après la Régence !) revisités au temps de la Régence, mettant en scène un village chaleureux, une fratrie de trois enfants, et le plus beau des cadeaux : l'amour.

Le Club des ducs fringants

Six livres écrits avec ma meilleure amie, Erica Ridley, auteure de best-sellers du New York Times. Rencontrez les hommes inoubliables de la taverne la plus célèbre de Londres, *Le Duc fringant*. Beaux, attirants, charmants et pleins d'esprit, une nuit avec ces séducteurs et voyous ne sera jamais suffisante…

J'espère que vous accepterez de laisser un avis sur le site de votre boutique en ligne ou de votre réseau préféré ! J'aime tellement mes lecteurs. Merci beaucoup!
xo,
Darcy

DU MÊME AUTEUR

À PROPOS DE L'AUTEUR

Darcy Burke est l'auteure à succès USA Today de romance sexy, sentimentale historique et contemporaine. Darcy a écrit son premier livre à 11 ans, une fin heureuse entre un cygne accro à la magie et une femelle cygne qui l'aimait, avec des illustrations extrêmement pauvres.

Native de l'Oregon, Darcy vit en bordure des vignes avec son mari guitariste, une fille artiste d'un incroyable talent, et un fils débordant d'imagination qui écrira sans doute un jour mieux qu'elle (et peut-être dès demain). Ils forment une famille-à-chats un peu folle, avec deux bengals, un petit chat en quête de notoriété qui porte le nom d'un fruit, un vieux maine-coon rescapé plutôt arrogant, et une collection de chats du voisinage qui trainent sur la terrasse et entrent quelquefois. Vous trouverez Darcy au chai, dans son confortable fauteuil d'écrivain avec son portable et un ou trois chats sur les genoux, en train de plier son linge (ce qu'elle adore), ou encore devant le télévision avec sa famille. Ses havres de bonheur sont Disneyland, le week-end du Labor Day au Gorge, Le Danemark et partout au Royaume-Uni – tant que sa famille y est aussi. Retrouvez Darcy en ligne à https://www.darcyburkefrancais.com et suivez-la sur ses réseaux sociaux.